KAN SI PINGDAN QUE SHENCHEN

看似平淡却深沉

李长在　著

合肥工業大學出版社

图书在版编目(CIP)数据

看似平淡却深沉/李长在著. —合肥:合肥工业大学出版社,2017.10
ISBN 978-7-5650-3607-1

Ⅰ.①看… Ⅱ.①李… Ⅲ.①散文集—中国—当代 Ⅳ.①I267

中国版本图书馆 CIP 数据核字(2017)第 246313 号

看似平淡却深沉

李长在 著　　责任编辑 郭娟娟

出 版	合肥工业大学出版社	版 次	2017 年 10 月第 1 版
地 址	合肥市屯溪路 193 号	印 次	2017 年 11 月第 1 次印刷
邮 编	230009	开 本	710 毫米×1010 毫米 1/16
电 话	人文编辑部:0551-62903205	印 张	14.75
	市场营销部:0551-62903198	字 数	174 千字
网 址	www.hfutpress.com.cn	印 刷	安徽昶颉包装印务有限责任公司
E-mail	hfutpress@163.com	发 行	全国新华书店

ISBN 978-7-5650-3607-1　　定价:35.00 元

明天起享受慢生活（代序言）

当兵几十年，养成个急性子。说话喜欢快人快语，做事就怕拖泥带水，常以快说快干、快打快撤自责责人。不过从明天开始，这一切都要改变了。明天，我退休了。

我辈有幸，生长在一个日新月异的年代。大干快上，多快好省，五年超过英国，十年赶上美国，跑步进入共产主义，都是我们这一代人的创造。受时代环境的影响，以快为荣、以慢为耻，成为我们这一代人的价值观。刚练了几天字，发表几幅作品，就成了书法家。凭着先天条件，上台扭扭屁股，哼哼唧唧学几声猫叫，也敢自称歌唱家。投资经商，恨不得一口吃成个胖墩儿，今年钱投下去明年就想赢利翻番。书记、县长刚上任，就敢大吹：一年打基础，两年见成效，三年大变样。我们依靠自己的浮躁，创造了一个个奇迹，彻底颠覆了厚积薄发、“十年树木百年树人”、“不怕慢只怕站”这些千年古训。“只要功夫深，铁杵磨成针”的典故，早就随着它的主人公李白一起见鬼去了。

前些年有一句话很流行，叫作“只看结果，不看过程”。其实世上万事万物的由来与发展，都是一个过程接着一个过程，人的乐趣就寓于过程之中。人生也是一个过程，从幼年、童年、青年，到壮年、老年、暮年，每一个阶段都不能省略。把每一个阶段的过程拉长，就相当于延长了生命。有一首古诗说得好，“无事此静坐，一日当两日。若活七十岁，便是百四十。”扎扎实实走好每一步，人生才丰富多彩，才会留下许许多多美好的回忆。当你进入老年的时候，你才有资格捋着胡子对孙子说：“爷爷我年轻的时候……”只是很可惜，很多人来到这个世界上，走的步伐太匆忙，还没来得及品味，人生就转入下一个阶段了。到你发现的时候，已经逝去的时光再也不属于你。这就像我们中国人出去旅游，上车睡觉，下车拍照，到此一游而已。急得一位哲人大喊大叫：“别走啊，欣赏啊！”

明天早上，不要定闹钟，也不要家人叫早，一觉睡到自然醒。不要怕路上堵车，更不要担心上班迟到。睡醒后不要急着起床，先活动活动老胳膊老腿儿，再睡个回笼觉。慢慢起来，细嚼慢咽，把饭吃完，把家里收拾收拾。带上收音机，到外边走走转转，溜溜看看。回来后逗逗孙子，浇浇花，喂喂鱼。倒上一杯茶，拿上一本书，戴上老花镜，沙发上半坐半卧，随意俯仰。午饭后邀三五知己，找地方喝喝茶，聊聊天，搓搓麻。哎哟喂，这不就是神仙吗！

当然了，抽空写点豆腐干，自我欣赏，臭美一番，不亦乐乎？

作　者

目　录

第一辑

品书

一纸书信几多情

1954 年 3 月，毛泽东在杭州组织几个“秀才”起草宪法。有一天工作之余，他给秘书田家英写了一封信，交代他办三件事，其中第三件是关于李淑一的。

年过五十的人都会知道毛泽东那首著名的词：蝶恋花，答李淑一。“我失骄杨君失柳，杨柳轻飏直上重霄九。问询吴刚何所有？吴刚捧出桂花酒。寂寞嫦娥舒广袖，万里长空且为忠魂舞。忽报人间曾伏虎，泪飞顿作倾盆雨。”这首词的发表，使李淑一成为家喻户晓的人物。能够与毛泽东诗词唱和的人毕竟是不多的。

李淑一是革命烈士柳直荀的夫人，是杨开慧的好朋友。柳直荀被害后，李淑一带着两个孩子，守寡守了几十年。新中国成立之初，李淑一在长沙十中教书。她并没有因为特殊身份受到特殊照顾，只是个普通教师。那时候的共产党人就是这样，为革命抛头颅洒热血是应该的。党在人民群众中享有很高的威望，这是不难理解的。

李淑一“年长课繁，难乎为继”。年纪大了，身体也不太好，课业负担很重，而且收入也不高，难以干下去了。李淑一并没有因此去麻烦老朋友毛泽东，而是别人请求毛泽东“将她推荐到北京文史馆为馆员”。这个位置比较清闲，待遇不低，也很体面。再加上李淑一本来就是学历史的，也算专业对口。只要毛泽东开口说句话，这事应该不难。

但是毛泽东却说：“文史馆资格颇严，我荐了几人，没有录取。”毛泽东推荐的人，估计水平也不一般，但是文史馆竟然没有录取。这不仅说明文史馆员“资格颇严”，更重要的是文史馆进人把关很严，不开后门，连毛泽东的面子都不给。

毛泽东批的条子文史馆不买账，他并没有大发雷霆。他很理解文史馆长（我查了一下，这时的文史馆长好像是章士钊），认为文史馆这样做是对的，是认真负责的。在这种情况下，再把李淑一推荐进去，会让文史馆的同志很为难，毕竟李淑一只是一个中学教师。如果再被驳回来，自己也会很难堪。因此，知难而退，“不便再荐”，这个忙我帮不了。

然而毛泽东并不是薄情寡义之人，他想以另外一种方式帮助老朋友。“拟以我的稿费若干为助，解决这个问题”，自己掏腰包资助她。

毛泽东知道，李淑一这样的知识分子是有气节、讲操守的。“君子不食嗟来之食”，故不会轻易接受别人的恩赐。如果贸然提出对她资助，会伤了她的自尊，弄不好适得其反。一定要找一个让她能够接受的理由。

找个什么理由呢？“她是杨开慧的亲密朋友，给以帮助也说得过去。”你是杨开慧的朋友，当然也是我的朋友。现在你有困难，作为朋友我帮你一把不行吗？这与职务地位无关，完全是朋友之间的事。

毛泽东认为这个理由很充足，但是李淑一会怎样想呢？“未知她本人愿意接受此种帮助否？”要问问她，但不能当面直接问她，那样的话她会一口拒绝。“请函询杨开智先生转询李淑一先生，请她表示意见。”杨开智是杨开慧的哥哥，与李淑一关系不错，他是一个能说上话的人。让他帮助疏通一下，先征得她同意再寄钱给她。这叫什么？这叫尊重。尊重自己的资助对象，尊重她的人格和尊严。

这段话只有一百来个字，说了一件很简单的事，却是一波三折，环环相扣。这说明毛泽东写这段话颇费思量。他要帮助一位朋友，还站在朋友的立场上思考问题，要让朋友坦然地、从容地接受帮助。这种真诚、细腻和委婉，就表现在这一段话的字里行间。

我们真的要好好向毛泽东学习，学习他怎么做人，怎么做事，怎么写文章。

附：毛泽东给田家英信的原文

李淑一女士，长沙柳直荀同志（烈士）的未亡人，教书为业，年长课繁，难乎为继。有人求我将她荐到北京文史馆为馆员，文史馆资格颇严，我荐了几人，没有录取，未便再荐。拟以我的稿费若干为助，解决这个问题。未知她本人愿意接受此种帮助否？她是杨开慧的亲密朋友，给以帮助也说得过去。请函询杨开智先生转询李淑一先生，请她表示意见。

请看毛主席如何指挥越南人打败法国人

20世纪50年代初，刚刚宣布成立的新中国面临并参与了两场战争。一场是抗美援朝，另一场是抗法援越。毛主席在北京稳坐中军帐，关注两个战场，运筹帷幄之中，决胜千里之外，创造了军事史上两个奇迹。

说起抗美援朝，地球人都知道；但说起抗法援越，就知道的人少不知道的人多了。我对此略知一二，斗胆说与诸君以求教正。

就从边界战役说起。

所谓边界战役，就是指发生在中越边界地区的战役，是越南人民反抗法国殖民统治，争取民族独立解放，主动发起的一场规模较大的战役。当时中国派出陈赓为首的军事顾问团，协助胡志明、武元甲指挥作战。

关于战役的主攻方向，越方的意见是先打高平。陈赓有不同意见，他认为高平易守难攻，代价太大，且没有必胜把握。应该先夺取外围孤立据点，围城打援，在野外消灭敌人有生力量，然后再夺高平。陈赓把两种意见报告中共中央。毛主席亲自起草电报发给陈赓："我们认为你的意见是正确的。越军应先打小仗，逐步锻炼能打稍微大一点的仗，然后才可能打较大的仗。目前不要直打高平，先打小据点，并争取围城打援是适当的。”胡志明一看毛主席发话了，那还说什么？就照毛主席说的办。毛主席一锤定音。

根据毛主席的指示，陈赓拟定了作战计划，确定先打东溪，吸引七溪之敌来援而歼灭之，尔后攻占七溪，最后攻占高平。计划报到北京，毛主席立即复电：“同意你们的作战计划。”并指出：东溪、七溪敌人被消灭后，谅山之敌可能派出三至五个营向东溪、七溪增援。你们应利用有利地形聚而歼之。此援敌被歼灭，敌方统帅部会命令高平之敌放弃据点向南增援，夹击我军，你们要准备与高平援敌作战。我方可能要在20天左右打大小三四个仗。后来战局的发展，完全印证了毛主席的预测。毛主席不但指挥了越军，还调动了法军。

在聚歼七溪援敌时，越军曾一度发生动摇。毛主席及时发去电报，严厉指出：“你们必须要对东溪西南之敌彻底加以歼灭，即使伤亡较大也不要顾惜，不要动摇。此外，要对高平之敌确实抓住，不使逃脱。并要对谅山等处可能出援之敌有所部署。只要对上述三点处理恰当，胜利就是你们的。”陈赓向越军将领传达了毛主席的指示，并深有感触地说，按照毛主席的指挥去打仗，没有打不胜的。越军大受鼓舞，按毛主席指示去做，果然大获全胜。

边界战役预定目标是歼敌5个营，攻占高平。结果是歼敌9个营，消灭敌军8000人，克复5个市、13个县镇。战役胜利结束后，胡志明专门给毛主席发了感谢信。

毛主席能够指挥百万兵力参战的大仗，也能指挥几千人参加的小仗；能指挥中国军队，也能指挥外国军队。从他亲自起草的电报可以看出，这场边界战役，他自始至终实施着不间断的指挥（这里引用的电报内容，只是很少的一部分）。他对作战指挥很具体、很专业。说毛主席是杰出的军事家，那不是吹的。

对抗法援越这段历史，我们过去研究得很不够，宣传得很不够。可能是因为我们没有直接派兵参战，也可能是出于保密的考虑。可是事情已经过去了半个多世纪，应该还历史以本来面目。要把这段历史写成书，拍成电影。要让现在的越南人知道，当年中国是如何支援越南的；要让现在的中国人知道，毛主席是如何通过陈赓指挥越南人打败法国人的。

王书记推荐的书你看了吗？

我这里说的王书记，就是王岐山。此公不仅位高权重，而且掌有三口铜铡，加上面相比较严肃，再大的官见了他都不寒而栗。就连“贫嘴老油条”崔永元也承认见了王岐山很紧张。

王书记喜爱读书，博学多识，最近向纪检系统的官员推荐一本书，书名叫《历史的教训》。我起初以为是反腐倡廉的教材，因为此类书早已汗牛充栋，我并没有引起重视。前几天在三孝口书店，发现了这本书。一看封面装帧简洁素雅，赏心悦目。翻开序言和目录才知道，原来是美国的一对夫妻作家合作的历史研究专著。作者是美国终身哲学教授，普利策奖获得者，本书是他们的巨著《世界文明史》的浓缩精华版。该书提纲挈领，线条式地勾勒了历史与人类生活各方面的关系。初读只觉语言优美，回味起来意味无穷，好书！

好书是好书，但纪委书记推荐此书，深意何在呢？读到第90页，我才豁然开朗。以下是我摘录的书中片断：

在各种各样的社会中都是这样，由于每个人的实际能力都不一样，这些能力多数都是掌握在少数人的手中。财富的集中，是这种能力集中的自然结果，这种情况在历史上经常有规律地重演。

在不断进步的社会中，这种集中程度可能会达到一个临界点，众多穷人数量上的力量与少数富人能力上的力量势均力敌，此时不稳定的平衡会造成危险的局势。

历史对此有不同的应对方式，或者是通过立法，用和平的手段重新分配财富；或者是通过革命，用暴力的手段强行分配贫困。

财富集中是自然的和不可避免的，可以借助暴力的或者是和平的部分再分配而得到周期性的缓解。

读到这里，我猛然想起前两年王岐山推荐的另一本书《旧制度与大革命》。那本书认为，法国的大革命，不是发生在最黑暗、最落后、最专制的时代，而是发生在社会开始向好的方向发展的时代，发生在原来压得很紧，然后逐渐放松的时候。改革已经开始，并且取得了初步成果，民众的期望值提得很高。这时，还没改革的那部分令人无法忍受。如果强力推进改革，改革会遇到前所未有的阻力；如果改革不能继续深入下去，革命就要发生了。

王岐山推荐的这两本书殊途同归。他们都认为，社会发展到某一时期，不同利益集团之间的矛盾会趋于激化。这时有两种办法可以解决，一种是和平的，即改革的方式；另一种是暴力的，即革命的方式。两种解决方式会带来截然不同的两种结果。中国现在是否面临这种形势，领导没有明说，我们也不敢瞎猜。但是王书记推荐这两本书，至少表现了他对这种情况的忧虑，诸君以为然否？

不知朋友们读过本书没有，不妨买一本读一读，可以给你很多启发，有好处，没坏处。

千古一叹周伯仁

反腐电视剧《人民的名义》有这样一个片断：高育良和吴老师对话中说起侯亮平，引用了一句古语："我不杀伯仁，伯仁因我而死。"伯仁是谁，他因何而死，高育良说这句话是什么意思呢？

伯仁，姓周名顗，字伯仁，是两晋时期的一个高官。晋元帝时，王氏是名门望族，王敦统兵于外，其堂弟王导掌权于朝，可以说威势赫赫，声震朝野。王敦重兵在握，顿生不臣之心，以清君侧为由举兵起事，从武汉直逼首都南京。这时王门老小几百口都在南京城内，面临杀身灭族之祸。无奈，王导带领家人跪在宫殿门口，声明与王敦划清界限，请求饶恕一家老小性命。

周伯仁与王导本是好朋友。伯仁上朝在门口被王导拦住，恳求他上朝去多多美言设法搭救，说是我们王家几百口的性命就拜托你了。不料想伯仁一言不发扬长而去。进了朝堂，周伯仁极力为王导开脱，力保王导无罪，终于说动晋元帝，恩准王家一族不死。然而这一切王导并不知情，反而怨恨伯仁不仁不义。

不久，王敦率兵入朝，掌握了朝中大权。于是以人划线，重新任命干部。周伯仁在朝中颇有声望，王敦准备委以重任。征求王导意见，王导不点头也不摇头。王敦见王导不同意，与其不用，不如杀之，因此就把伯仁杀了。

后来王导上朝办公，发现了周伯仁力保王氏一族的奏章，才知道冤枉了伯仁。于是放声大哭，留下了千古名句："我不杀伯仁，伯仁因我而死。"意思是我并不想杀害伯仁，但伯仁之死与我有间接关系，我也有一定责任。

王导是东晋开国元勋，位极人臣，声名卓著。但是在对待周伯仁这件事上，暴露了他心胸狭窄、睚眦必报的一面。他嘴里说"我不杀伯仁"，其实他心里就是要杀伯仁。只是当知道真相后，发现杀了伯仁对自己的形象大大不利，他才声明"我不杀伯仁"。其实是想为自己洗刷罪名。

伯仁被杀，留下一个千年未解的疑团。伯仁于王家有救命之恩，他为何宁愿受冤而死，也不去捅破这层窗户纸呢？这一出悲剧是完全可以避免的呀！我想这是由周伯仁的性格所决定的。他力保王导无罪，完全是出以公心，为朝廷大局着想。他没有私心，他认为没有必要自证清白去博取高位。这是他的悲哀所在，也是他的伟大所在。

周伯仁不屑为自己置辩，其他朝臣为什么不出面为他说句公道话呢？可能有两个原因。一个是伯仁性情耿直，不事权贵，不善于拉帮结派，人缘不是那么好，因为伟大所以孤独。再一个是，王敦入朝执政，朝内重新洗牌，人人自顾不暇，谁还有闲心去管闲事呢！

回头再说高育良和侯亮平。侯亮平本是高老师的得意门生，老师原本对他寄予厚望。未承想这猴子不按潜规则出牌，非要公事公办。于是就打破了官场平衡，触动了权贵们的利益。尤其是侯亮平顺藤摸瓜，竟然"太岁头上动起土来"。高老师对这个学生由期待而厌恶而仇恨，必欲除之而后快。祁同伟对侯亮平的陷害以致后来萌生的杀侯之心，其实根源就在于高育良。高育良说什么“我不杀伯仁，伯仁因我而死”，恰恰暴露了他的阴险和虚伪。这里需要引用吴老师骂高育良的一句话：“恶心！”

“鱼鳖不可胜食材木”

我第一次看到这句话有点犯糊涂，这是什么话，不通嘛！是不大通，不过这却是一个作文题。不是当代的作文题，是古代科举考试的作文题。这一类的作文题在当时很常见，叫截答题。把两句话各取半句放在一起，形成一个题目，让考生发表议论，检验学生的知识面、思维能力和表达能力。这个题目我们一看有点丈二和尚摸不着头脑，但对于熟读四书五经的考生来说却是小菜一碟。

本题选自《孟子》第一篇“梁惠王章句”。其中有这么两句话：“数罟不入洿池，鱼鳖不可胜食也；斧斤以时入山林，材木不可胜用也。”意思是说，不用过于细密的渔网到鱼塘里打鱼，鱼鳖虾蟹就吃不完；按照农时季节进山砍伐树木，木材就用不完。“鱼鳖不可胜食材木”即由此而来。

这两句话乍一看很简单，其实表达了一个深刻的道理。做事情要尊重和遵循自然规律，要坚持科学发展，可持续发展，不要把事情做绝做过头。在这方面我们有经验，也有教训。要想长久有鱼吃，就不能乱逮滥捕，不能赶尽杀绝。要让鱼儿休养生息，繁衍后代。有一段时间，我们的江河湖海掠夺式的过度捕捞，鱼儿还在童年就上了餐桌，造成产量逐年下降，许多鱼类濒临绝种。后来不得不采取禁渔措施，才勉强保证了水产供应。二十世纪五六十年代，为了大炼钢铁，对山上的树木乱砍滥伐，造成水土流失，空气污染，环境恶化。通过几十年坚持不懈地封山育林，荒山变绿，自然生态环境才得以好转。如此说来，全面协调可持续发展的思想，与儒家思想也是有联系的呢（这也算是我的一点发现吧）。

传说当年陈独秀参加乡试，考试题就是这个题目。陈独秀天资聪慧，又发奋好学，这个题目对他来说本不在话下。但他是一个革命者，富有叛逆精神，对科举制度深恶痛绝，对这类题目很反感。拿到试卷一看，他没有像张铁生那样交白卷，而是把四书五经中的冷字、生字、怪字、难写难认的字挑出来，前言不搭后语地写满了卷纸，表示他对科考的反抗。没想到主考老师很开明，他一看卷子，这个考生不简单。这么多难写难记的字他都记得，说明他读进去了，聪明，知识面宽。这老师竟糊里糊涂地给了他个第一名。无意插柳柳成荫，陈独秀成了大清国的秀才。如果他参加现在的高考，陈独秀同学只能得零分了。

政治腐败是国民党失去大陆的根本原因

日本投降后，短短的四年时间，中国实现了改朝换代。共产党夺取了全国政权，国民党溃逃台湾，偏安一隅。

从 1945 年到 1949 年，称为第三次国内战争时期，或解放战争时期。对这一段历史的研究，国共双方多是以军事为主线，以战争为主要舞台。因为这几年毕竟是通过双方兵戎相见，验证了胜王败寇的真理。

美国作家胡素珊写了一本《中国的内战》，从政治原因探讨了国共两党的胜败兴衰。她认为决定胜负的根本原因在于政治，军事只是实现政治目标的手段。

她在本书中列举了国民党在抗战胜利后政治上的四大失误：

第一，国民党没有坚决清理日寇和汉奸的战争罪行。对侵华日军将领过于宽大，不但没有追究其罪加以惩治，甚至利用已经投降的日军帮助剿共。大批的汉奸摇身一变成为政府工作人员。深受亡国之苦的中国人民对此无法接受。

第二，国民政府军政要员利用受降大发国难财。日军和伪政权的财物理应由国民政府收归国有，却被政府高官化公为私，有的甚至把公民私有财产当作敌伪资产强行掠夺。国民党的腐败在受降中得到充分表现，广大民众对政府失去了信任。

第三，国民党没有能力解决国计民生问题。抗战胜利后，老百姓盼望过上和平生活，享受胜利果实。但是他们经受的现实却是物资短缺，物价飞涨，贫富不均，民生凋零。民众认为政府有失公平，平庸无能，而且短期内看不到希望。

第四，国民党对敌占区的民众缺少体恤甚至另眼相看。对经受日本长期统治的台湾和东北地区的民众，国民政府不但不予同情，而且看成另类公民，采取歧视政策加以羞辱，激起民众对抗心理。

胡素珊认为，单纯从军事上分析，不能揭示事实真相和规律，要从政治上找原因。国民党在抗战胜利后坐拥全国政权和数百万军队，却在短短的四年时间里把一片江山拱手相让，这并不奇怪。因为它在日本投降后短短的二十多天里就已经失去了民心。失民心者失天下。即使没有共产党，也会有别的什么党把它赶下台。

果然，在台湾，国民党又被民进党赶下了台。

送鸡背后有玄机

章士钊是中国著名的教育家、政治活动家，是个赫赫有名的人物。他当过北洋军政府的司法总长兼教育总长，镇压过学生运动，被鲁迅痛骂为落水狗。

毛泽东一生推崇鲁迅。他说，我和鲁迅的心是相通的。

有趣的是，毛泽东和鲁迅的心是相通的，和章士钊的心也是相通的。但鲁迅和章士钊的心不通。

二十世纪二十年代初，毛泽东还是个热血青年。一个偶然机会，章士钊读到了毛泽东的文章，被他的气势、抱负和文采所震惊。章士钊接见了毛泽东，并送给毛泽东 2 万元。毛泽东把这笔巨款分做两用，一部分补助赴法留学的学生，另一部分用于创建湖南共产党。

近三十年后，共产党建立了国家政权，毛泽东当了主席。章士钊是人大常委、政协常委，中央文史馆副馆长、馆长。

1955 年的一天，毛泽东吩咐秘书买两只鸡，用他的名义送给章士钊。秘书照办了，但不知什么意思。小秘戚本禹请教大秘田家英。田家英不懂装懂：主席对民主人士很关心，送两只鸡补补身体，很正常。

十几年后的1967年，戚本禹成了赫赫有名的大人物。他拿此事请教康生。康生想了一会儿，说："你回去看看《三国志》，曹操和桥玄的那一段。"

曹操少时不得志，默默无闻，但桥玄很赏识他。"天下将乱，非命世之才不能济也，能安之者，其在君乎！"两人成了莫逆之交。

桥玄临死时嘱咐曹操：以后你路过我的坟地，要拿一只鸡来祭奠我，否则，"车过三步"就会肚子疼。官渡之战前夕，曹操挟天子以令诸侯，指点江山，意气风发。他专程前往桥玄墓，提了一只鸡，一壶酒，亲自撰写了一篇祭文，隆重祭奠桥玄。

我想当时可能毛泽东正在读《三国志》，读到这一段，顿有曹操遇桥玄之感。他是把章士钊当作了桥玄，自己当作了曹操。毛泽东对曹操也是很推崇的。

毛泽东送鸡给章士钊，是要传递一个信息，你的知遇之恩，我终生不忘不负。

章士钊能看懂吗？能看懂。毛泽东知道他一看就懂。"子非我，安知我不知鱼之乐也！"因为他们两个人的心是相通的。如果毛泽东不知道章士钊能懂，他就不会采用这种方式了。这种送礼方式，在民间很土，在文人之间，就是大风大雅了。

这先生不是那先生

现在先生的称呼有点滥。凡是成年男人，都可以称先生，和过去的男同志差不多。记得我小时候，先生是个很尊贵的称呼，我们家乡叫高称。一般的人只叫男人或爷们，只有德高望重有学问的人才能称先生，除此之外，还有两类人可以称先生，就是教师和医生，体现了人们对这两类职业的尊重。

最近我读了一本书，书名叫《民国先生》，介绍民国时期教育界的十余名先生大佬。名列首篇的是现代中国最负盛名的集诗人、历史学家、古典文学研究家、语言学家于一身的国学大师陈寅恪。刚看完这第一篇，我就有豁然开朗的感觉，原来，所谓先生，应该是这个样子的。

“先生”应该是学识渊博的大学问家。陈寅恪幼年就开始留学列国，长达十六年，仅语言就精通十四种。但他没有学历，没有职称。他在哈佛大学主攻冷僻的梵文和巴利文，两年半学成，转向德国学习东方文学。有人劝他再等半年拿到学位再走。他说我在这里的学业已经完成，何必等那一张纸呢？他知识渊博，学贯中西，见解独到。在清华大学号称“活字典”“教授之教授”。胡适称他是“今日最渊博、最有识见、最能用材料的人”。傅斯年说陈先生的学问，近三百年来一人而已。文史大师刘文典以博学与傲气著称，他曾说中国只有两个人懂庄子，一个是庄子，一个就是他自己。听了陈寅恪的讲课，他佩服得五体投地，连说：“这才是真正的教授，他拿四百块钱，我只够拿四十块。”

先生为人师表，有良知、有作为、敢担当。陈寅恪不仅有学问，而且有骨气、有品行。抗战时期，他随学校南迁，后又迁入香港。他在港生活极为困难，一日三餐难以为继。日本人给他送来米面，请他到日占区任教，遭到他严词拒绝。抗战胜利后，有人向蒋介石献媚，知道蒋喜欢自比李世民，就花重金请陈寅恪写《李世民传》为蒋歌功颂德。陈寅恪直截了当地说：“违背本意的东西我决不写。”新中国成立后，陈寅恪不接受任何官职，也不想被任何人管制，只想一心做学问。在他身上，我们看到了中国人的铮铮铁骨，陈寅恪理所当然受到世人敬仰。

先生应该是文质彬彬的谦谦君子。有一次，一个学生到陈寅恪家里听课。陈寅恪正在批改作业，穿着比较随意。看到他来，连忙让座，叫学生稍等，自己拖着不便的身躯上了二楼。少顷下楼，学生发现老师换了一套教室上课的装束。他面对的只是一个学生。这是对学生的尊重，也是对自己职业的尊重，更是对知识的尊重。面对这样的老师，学生怎能不肃然起敬认真听讲。当年清华大学的学生曾目睹了这样一幕：一次课间休息，老师们在休息室里聊天。著名哲学家、代校长冯友兰与陈寅恪探讨一个问题。该上课了，他们一起走向教室。在路上，陈寅恪边走边讲，冯友兰跟着听。到了教室门口，冯友兰恭恭敬敬地向陈寅恪鞠了一躬。他们讨论什么我不知道，但肯定是陈寅恪折服了冯友兰，冯友兰才以师礼待之。看到这里我动了点感情，我敬佩陈寅恪，更敬佩冯友兰。学问至上，职务次之；教授至上，校长次之。文质彬彬，然后君子。

我国现有高等院校几千所，教授上百万。教授最有资格称先生，但可以和陈寅恪先生比肩的却寥若晨星。我不禁想起“钱学森之问”……

晚上下馆子，服务员笑眯眯地问我：先生吃点什么？我突然想起了陈寅恪，羞得满脸通红，连忙摇手：“小姑娘，别叫我先生，叫我老头吧！”

智果同志站出来！

春秋末期，晋国的实权掌握在智氏家族手里。智氏领导人智宣子要确定继承人，在几个儿子中看中了智瑶。智氏家族一个重量级人物智果提出反对。他说，瑶之贤于人者五，其不逮者一也。智瑶有五条优点，一条缺点。优点是，长得帅、口才好、军事素质强、知识全面、有决断力。智宣子说，这五条不正是领导人最需要的素质吗？智果说，可惜，他还有一条缺点，“甚不仁”，缺乏仁爱之心。

智果进一步分析：“夫以其五贤陵人而以不仁行之，其谁能待之？”如果只是缺乏仁爱之心，但是没有能力，想做坏事也做不成。恰恰这个智瑶能力太强，他想做坏事就能做成，谁也管不住。智瑶的不仁之心使得他的五条优点向相反方向转化，反倒成了缺点。

智宣子没听智果的话，坚持让智瑶接班。于是智氏家族的悲剧上演了。

智瑶掌权后，刚愎自用、自高自大、不可一世，大有舍我其谁之慨。当时晋国除了智氏还有韩、赵、魏三大家族，都有一定实力。智瑶不把他们放在眼里，而且任意欺凌，向他们强索硬取。起初韩、赵、魏忍气吞声，逆来顺受，智瑶得寸进尺，不知收手，硬把人家逼到墙角里。这三家忍无可忍，终于联手行动，灭了智氏一门，三家分晋，各霸一方，智氏这个庞然大物退出历史舞台。

智果不幸而言中。

司马光在《资治通鉴》里如此评价智瑶："智伯之亡也，才胜德也。""挟才以为善者，善无不至矣；挟才以为恶者，恶亦无不至矣，愚者虽欲为不善，智不能周，力不能胜，譬如乳狗搏人，人得而制之。小人智足以遂其奸，勇足以决其暴，是虎而翼者也，其为害岂不多哉！"说了一大段，中心意思就一句话，有才无德的人比无才无德的人更可怕。

智瑶作为一个有才无德的反面典型人物，历史研究者多有评议。但是在研究这一段历史时，有一个重要人物被忽视了——智果。智果算是把智瑶这个人看透了，而且把智瑶得志的严重后果看准了。他不但有识，而且有胆，敢于发表自己的不同意见，不怕打击报复。假如当年智宣子听了智果的话，就没有三家分晋这一说，整个历史也就要改写了。

智瑶已经作古，但智瑶之流却没有绝迹，代代传承直到今天。有些德行极差的人物凭着一点歪才占据高位，这并不是个别现象。说他们是智瑶式的人物有点高抬，智瑶有五条优点，而有的人却只有一条两条。就说那个谷俊山，就靠脑子好使、敢拍敢送，就当上了中将，不但把自己送上不归途，还害了一大帮将军，把部队的风气也弄坏了。他如果官再当大一点，那还了得！

奇怪的是，谷俊山之流仕途上一帆风顺，为什么没有智果一类的人物站出来提出反对意见？智果同志，你在哪儿？

这幅油画我见过

荷瑞希兄弟之誓

这幅油画，我见过真迹（见图）。2011年，我到法国考察，在罗浮宫里看到了这幅画。油画前人头攒动，我又不懂艺术，匆匆一瞥，用手机拍个照就走了，反正再看一会还是看不懂。

这两天我在读澳大利亚作家约翰·赫斯特的《极简欧洲史》。这本只有十余万字的小书竟然用两个页码介绍了这幅作品。原来这小小的一幅油画竟然包含了如此丰富的内容，简直让孤陋寡闻的我大吃了一惊。

这幅画出自路易十六的宫廷画家大卫之手，画作的名称是《荷瑞希兄弟之誓》。画面表述了一个动人的故事。

罗马与敌人起了纷争，双方经协商决定不开战火，各派三人比武，依胜负结果解决争端。荷瑞希三兄弟代表罗马上阵。兄弟三人在老父面前宣誓捍卫罗马。三兄弟的母亲和妹妹在悲伤哭泣。妹妹尤其悲伤，因为她已经与敌方一位比武代表订下婚约。

这幅画后面的故事还在继续。比武的结果是，罗马赢了，三兄弟只有一人活着回来。胜利者回到家，发现妹妹在哭泣。她的未婚夫被自己的哥哥杀了。胜利者取出佩剑，一剑把妹妹刺死。因为她在应该为罗马的胜利欢庆的时候却为敌人哭泣。这个勇士因杀人罪被带上法庭，法庭宣告他无罪。

我在国内参观过许多画展。艺术优劣姑且不论，就表现的题材来看，除了高山大川，就是花鸟鱼虫，外加窈窕淑女。好像这就是我们生活的全部。你要想看表现历史题材和现实生活题材的作品，恐怕要回到五十年以前。不信你随便到哪个画展去看看，严肃题材的作品寥若晨星，就是有也挂在拐拐角角里。画家画不出来，画出来也没人欣赏。

我记得毛主席曾经说过，我们的文学艺术都是为人民大众创作的，首先是为工农兵的，为工农兵而创作，为工农兵所利用的。而今眼目下，这些艺术品工农兵是欣赏不了了，只能说是为精英们而创作，为精英们所利用了。

这幅油画所表现的不仅是一个悲壮的故事，还是一个民族的一段历史，一种思想和精神。画作告诉人们，为了国家利益，家族和家庭要做出必要的牺牲。这不就是我们所说的爱国主义吗？原来爱国主义不仅属于中国，也属于欧洲，属于世界。爱国主义是中华民族的核心价值和优良传统。

本来是说画的，说着说着说远了，就此刹住。

首长不要啰唆了！

抗美援朝时，秦基伟是十五军军长，上甘岭战役就是由他指挥的。战斗正酣时，他把电话打到一线连队。刚说了一句："请转告坑道里的同志们，军党委和军首长都很惦记前线的同志们"，就被话务兵插进来打断了。话务兵在电话里直接训斥军长："首长不要啰唆了，拣要紧的说！"秦基伟果然不敢再啰唆，简单明确地下达了作战命令。命令刚下完，电话线就被炸断了。

看来秦基伟年轻时说话也是喜欢啰唆。在战火纷飞的战场上，每分每秒都有人流血牺牲，那真是时间就是生命。战士们对军党委军首长是否惦记他们并不关心，他们关心的是这仗怎么打下去，首长能给他们什么支持。这时候再说那种拜年话有什么用？再者电话能打通也是战士们冒着生命危险换来的，说不定一发炮弹打过来就把电话线炸断了，不该说的说了，该说的还没说上。怪不得那位电话兵又气又恼，他也不是故意让首长下不了台，因为他最了解前线的情况，他知道前线的同志们最需要什么。好在秦基伟虚心接受批评，知错就改，挨了士兵的训，他也不怕丢面子。这件事还是他在回忆录中披露出来的，他要不说别人也不知道，知道也不敢说，毕竟这不是什么光彩的事。秦基伟后来官至政治局委员、国务委员兼国防部长。他说话办事干脆利落，从不拖泥带水，恐怕与这件往事有很大关系。

现在时代不同了，战争离我们已经非常遥远了，人们有时间啰唆了。秦基伟那样的首长越来越少了，说话喜欢啰唆的首长越来越多了。现在开会，有的首长在主席台上一坐，不慌不忙，派头十足，天南海北，乱侃一通，不说上一两个小时好像就没有水平，生怕别人看不起。一篇讲话稿动辄几万字，把水分挤掉，真正管用非说不可的话剩不了几页纸。大而无当的客套话，翻来覆去的车轱辘话，说了不嫌多、不说不嫌少的家常话，直接把会场上的听众说得东倒西歪、昏昏欲睡。我比较注意形象，顾全大局，在会场上从不打瞌睡，还拿个本子在上面画画小人做记录状，其实心里烦死了。我退休后顿时感到一身轻，其中一个重要原因就是不再开会，不再受首长们折磨了。

我很敬佩那个电话兵，他敢叫首长别啰唆。现如今这样的士兵还有吗？现在的人都乖巧得很，明明他也不喜欢首长啰唆，但讨论时还硬说首长讲话有高度、有深度、有新意，高屋建瓴、意义深刻，听了很受教育。我真希望那位电话兵到会场上喊一嗓子：“首长别啰唆了！”

立不失容真英雄

《庄子·徐无鬼》篇讲述了这样一个故事：楚国郢都有一个泥匠，手艺精湛，长袍大袖泥墙刷石灰，刷得又快又匀，衣服上却一点石灰都不沾。有一次他的徒弟刷灰时，不小心把一点白石灰甩到了他的鼻尖上。他感到有损职业形象，不肯自己擦去。后来石灰干透了，形成一个白点。他让徒弟去请个木匠，这木匠姓石，是他的好朋友。他对老石说："我鼻子上这个白点，你帮我削掉吧！"石木匠也是个职业高手，他说："你站稳了。"只见石木匠双手挥斧，旋转成风，朝着鼻尖砍去。围观的人吓出一身冷汗。定睛一看，石灰被削掉了，鼻子却完好无损。大家都夸这石木匠不简单。你想想，他做这活儿，力气大了不行，小了也不行，角度掌握不好更不行。稍微偏一点，鼻子削掉是小事，弄不好脑袋都要搬家了。后来这篇故事演变成了一大串词语、成语和典故，什么运斤成风、大匠运斤、削鼻、斧正等，都是歌颂石木匠的。

不过我倒觉得，石木匠固然厉害，那个泥匠更不简单。你设身处地为他想一想，石木匠挥动大斧，他就神定气闲地站在那里，等着木匠大斧来削。书上说他是"立不失容"。什么意思呢？就是面不改色，心不跳，眼不眨，头不动。这需要多大的定力啊！如果斧头来了，他一躲、一闪、一挡，恐怕小命就没有了。没有泥匠的配合，就没有石木匠的成功。所以后来宋元君听说了这件事，就派人去请石木匠，叫他来个现场表演。石木匠说我表演不了，那个泥匠已经死了好几年了，谁肯站那里让我砍呢！

读到这里，联想到我在河南开封清明上河园里亲眼看到的一个场景。这个公园里有一个杂耍班子，表演的节目难度很大，风险性极高，非常刺激。中央电视台曾专题播放过他们的节目。其中一个节目，台子上立一个两米见方的木牌，一个看上去呆头呆脑的小伙子成“大”字型背靠木牌站立。一个武师站在他面前约五米远的地方，手执菜刀一把一把地甩到木牌上，只听得嗖嗖作响。木牌上十来把菜刀对小伙子形成一个包围圈。再看那小伙子，好像没事儿一般。表演结束，观众由惊愕变为兴奋，掌声四起。这掌声是送给武师的，也是送给小伙子的。那小伙子看上去傻乎乎的，其实都是装的。武师在表演时还装模作样地请观众出来配合，但没有一个人敢出来。假如真有个愣头青敢站到木牌前面，我谅那武师也不敢出手。

当然，挥斤削鼻只是虚构的故事，木牌飞刀的表演也不多见。但是两者所说明的道理却是随处可见的。任何一个人的成功，都离不开别人的配合。有的人做出点成绩，总以为自己了不起，把功劳都记到自己账上。观众们也总是习惯把掌声、欢呼声、呐喊声献给主角。其实，木匠的成功离不开那位立不失容的泥匠，武师的成功离不开那个呆呆的小伙子。我们在欢呼胜利的时候，不要忘记也给他们一点掌声！

你不是妖怪，我也不是妖怪

我在台北一家书店看到一本《郝柏村解读蒋公八年抗战日记》，拿起了随便翻了翻，作者“自序”中有两句话让我大为感动。一句是：“八年抗战是攸关中华民族生死存亡的圣战，不是为哪一个政党的成败而战。”再一句是：“抗战的光辉历史，不属于一党一派，而归中华民族所共享。”这是一个抗战老兵，跨越党派和阶级的成见，站在民族的高度，对抗日战争的全新解读。

自第一次鸦片战争以来，中国屡遭外敌入侵，每次都以割地赔款，签订丧权辱国的不平等条约而告终。唯有抗日战争，中国取得了全面彻底的胜利。一百多年来帝国主义强加给中国的所有不平等条约全部废除，中国成为一个名副其实的主权国家。但是在相当长一段时间里，国共两党互相攻讦，隔海对骂，使抗日战争的地位受到淡化，真相受到扭曲，战果大大缩水。共产党指责国民党内战内行，外战外行，借抗日之名，行消除异己之实。国民党指责共产党游而不击，避实就虚，故意保存实力。鉴于此，使中国抗日战争的丰功伟绩互相抵消，正中外国下怀。苏联说由于苏联红军出兵中国东北，迫使日本无条件投降，才有了中国的解放。美国说日本的投降，应归功于美国的两颗原子弹。就连战败国日本，也看我们不起，宣称是向盟军投降，而不是向中国投降。这一后果一直影响至今。

最大的影响是旧金山和约。1951 年，50 多个参战国在美国旧金山召开会议，签订对日和约。台湾宣称，唯有中华民国才有资格参加缔约。大陆声明，没有中华人民共和国参加，任何协议都属无效。最后的结果是，在没有中国参加的情况下，旧金山和约签订。和约确定日本放弃对台湾的一切权利，但没有明确归还中国。这一和约造成极大隐患，“台湾地位未定论”即由此而起。日本以此为借口，拒不承认钓鱼岛属于中国。倘若当年国共双方有一方参加缔约，哪有这么多的麻烦！

中国有句古话，鹬蚌相争，渔翁得利。我国这一古老的智慧，我们自己没有秉承，却让外国运用自如。什么时候我们成了渔翁，中国就真正强大了。事实越来越清楚，国军、共军都是抗日战争的生力军，敌后战场和正面战场都是抗日的主战场。两岸同胞再度携手，共享抗日战争胜利成果，防止日本侵略者东山再起，时机已经成熟了。

一本书赚了一幅字

现在是看书写字的人越来越少的时代。别说是毛笔，有的人连钢笔都很少用。许多大学生、硕士生、博士生，说起话来一套一套，拿起鼠标神气活现，你叫他写几个毛笔字，活像鳖爬螃蟹走。不过说来也怪，虽说写字的人越来越少，书法家却是越来越多了。我的朋友圈里，有的人写字还不如我，殊不知就成了书法家。更加令人称奇的是，我的一个朋友的老婆，高中都没毕业，平时不读书、不看报，最喜欢炒菜、拖地、洗衣服。不知哪根筋不通迷上了书法，放着正经的家务不做，油瓶倒了也不扶，孙子乱爬也不管，一有时间就在旧报纸上乱涂乱画。久而久之写出来的字也有点“鬼画符”的味道。有一次被一个小有名气的书法家发现了，说她有灵性，此媪可教，遂正儿八经地收她为徒，悉心加以指点。这老媪也就如醉如痴，突飞猛进起来。前不久她花了两千块钱交了会费，竟然堂而皇之成了省书法家协会会员，还经常开会交流、切磋技艺，据说还准备出个什么书法作品集。笑晕！

我不懂书法，但我对一般的书法作品还不怎么能看上眼。平时和朋友聚会，有时有懂一点或会一点书法的人在场，酒后现场挥毫弄墨，也是常有的事。这时候不管写得怎么样，都会博得好声一片。不过叫好归叫好，好在哪里，没有几个人说得出来，“有力”“老到”“洒脱”“飘逸”等等乱捧一通，不过是隔靴搔痒、矮子看戏而已。我在这样的场合，一般只是赔着笑笑，不怎么言语。这倒不是故作高深，而是自己确实不懂，生怕不懂装懂谬评一通，拍马屁拍到马腿上惹人笑话。

不过时间长了就感到有点尴尬，老是装聋作哑也有点煞风景。于是我就想学一点相关知识，也好逢场应答，附庸风雅。有一次在书店淘书，发现了侯吉谅先生的著作《如何看懂书法》，是一本书法欣赏的入门读物，正好适合我这类十分之一瓶醋（比半瓶子醋还差得很远）的人阅读。于是买下来，起初只想随意翻翻，没想到一看就放不下来，竟然一口气看完了。

我过去欣赏书法，不过是看线条、用笔、着墨、间距等，就字论字，追求视觉效果。侯吉谅老师告诉我，这样只是看到了皮毛，忽略了内在。就字写字，只能算技术，字和书写的内容完美结合，才能算是艺术。读到这里，顿有醍醐灌顶、豁然开朗的感觉。我忽然想起，有一次在河南南阳卧龙岗，看到一块碑刻，上边刻的是岳飞用草书书写的诸葛亮《前出师表》。当时的感觉是龙飞凤舞、洒脱飘逸、狂荡不羁。现在回想起来远非如此。岳飞精忠报国、奋不顾身的壮志，鞠躬尽瘁、死而后已的忠诚，直捣黄龙、迎还二圣的豪情，受陷遭忌、报国无门的愤懑，在这幅作品里得到了淋漓尽致的集中体现。他和诸葛亮的心是相通的。如果岳飞书写的是柳永的“杨柳岸晓风残月”，可以断定他绝对写不出这样的效果。

有的书法家酒量很大，特喜欢喝酒。酒前不动笔，醉后乘兴挥毫，写了一张又一张。有人说是酒喝不好字就写不好。我倒觉得未必尽然，有的人不过是故意做作，要人为地制造一种效果。侯吉谅先生却说，这也未可一概而论。历史上的大书法家创作时往往需要环境、情感和感情的烘托。王羲之的《兰亭序》，颜真卿的《祭侄文稿》，苏东坡的《寒食帖》，是书法史上公认的行书极品。但这三件作品没有一件是正式作品，都是草稿。正因为是草稿，才能真正放松，做到意随笔走，笔随意转，我手写我心。比如王羲之的《兰亭序》就是酒至半酣时写的草稿，酒醒后又正式抄了多遍，没有一次达到草稿的水平。后来，草稿流传下来了，正稿早就失传了。如此看来，还真是这么回事儿。

“文革”期间有一段话家喻户晓、妇孺皆知，我这里套用一下。学习书法要带着问题学，活学活用，学用结合，急用先学，立竿见影。我有一次就这样现炒现卖，还真是用上了。有一天晚上朋友聚会，有一位颇有名气的书法家酒后写了一幅字，大家照例吹捧一通，我照例笑不作声。这老兄非要我指教斧正，我迫不得已说了八个字，“字里有画，画中有诗”。没想到这老兄提着酒瓶就跟我放罍子，然后双手捧着把这幅字送给了我。

我买这本书花了42块钱，这幅字据说价值好几千呢！

拉纳·米特有良心

牛津大学的教授拉纳·米特在《纽约时报》发表文章，题目是“世界欠中国的战争债”。文章认为，在第二次世界大战中，中国是亚洲主战场，是日本的主要对手。中国以几千万条生命为代价，坚持八年抗战，把日本几百万军队死死拖住，有力地支持了欧洲战场，为抗日战争的胜利做出了主要贡献。但是由于种种原因，中国在二战中的贡献至今没有得到国际社会的承认，没有得到应有的补偿。参战各国，尤其是美国、苏联、英国，都欠了中国一笔战争债。

国内外有一种普遍流行的观点，认为日本的投降不是因为中国的顽强抵抗，而是因为美国向日本投了两颗原子弹，苏联出兵中国东北。换言之，日本是败在美国苏联之手，而不是败给了中国。受此观点影响，中国没有分享战争红利，反而失去了外蒙古，唯一的收获是在联合国得了个常任理事。

事实恰恰相反。正是由于中国坚强不屈的八年抗战，把日本最终拖瘦拖死。中国付出巨大的民族牺牲，使日本主要兵力陷在中国不能自拔，有力策应了盟国的作战行动。否则，日本早就从东部对苏联下手，与德国形成东西夹击之势，苏联就岌岌可危了。如果日军挥师南下，直取美国势力范围，美国在太平洋的殖民地、军事基地、能源供给线等，恐怕就非其所有了。至于英国，不仅殖民地缅甸沦入敌手，连印度也插上日本膏药旗了。因此，中国的抗战才是导致日本投降的最终原因，美国的原子弹和苏联的出兵，不过是压死骆驼的最后一根稻草。

中国的贡献被忽视，最根本的原因是当年的中国实力太弱，让人家看不起。作为重要盟国之一，中国竟然没有资格出席战争红利分配的雅尔塔会议，美、英、苏竟然拿中国利益私相授受。抗战胜利不久，国共两党内战爆发，国民党败逃台湾，共产党也是遍体鳞伤，中国失去了巩固战胜国地位的最佳时机。

现在中国日益强大了，国共两党对抗日战争的主要历史事实的认识逐渐趋同，是时候把那段历史真相还原了。我们要把抗日战争的陈年老账算算清楚，不一定要有关国家还账，但你至少要认账，不能赖账。这是对历史的尊重，也是对几千万先烈的一个交代。

拉纳·米特是地地道道的英国人，他没有必要讨好中国人。他只是表现了一个知识分子的良心。向你致敬啊，勇敢诚实正直的拉纳·米特！

信心比航空母舰更重要

1941 年 12 月 7 日，日本偷袭珍珠港。美军损失惨重，7 艘大型舰艇沉没，6 艘遭到重创，飞机损失 450 架，官兵伤亡 3800 人。当天，正在听音乐会的尼米兹接到罗斯福总统的电话。总统沉重地说："我们的珍珠港遭到日本轰炸，太平洋舰队命悬一线，我已决定任命你为太平洋舰队司令，我相信你能挽救它。"

在圣诞前夕的平安夜，经过精心准备，尼米兹对士气低落的官兵们发表圣诞讲话：

"上帝是如此眷顾我们美国，他让日本人在这次精心策划的袭击中，犯下了至少三个致命错误。如果日本人少犯了其中任何一个，太平洋舰队都将不复存在。而现在，我，你们，太平洋舰队都还站在这里！"

"第一个致命错误，日本人将袭击时间定在周日的早上。恰恰是在这一天，每周也只有这一天，十有八九的人都不在船舱里，而是在夏威夷的各处度周日。否则，我们的损失将是 38000 人而不是 3800 人。"

"第二个致命错误，日本人只炸了舰艇而没炸船坞。如果船坞被炸坏，我们仅存的舰艇将无处停泊，大量毁伤的舰艇也无处修复，难道将它们拖运到几千公里以外的本土去修复？日本人会给我们这么漫长的时间吗？”

“第三个致命错误，日本人为我们留下了自卫和复仇所必需的血液——油料，它就在区区5英里以外的山上。在当时的情况下，哪怕一架日军战机飞到那里，就可以将它们炸得一滴不剩。倘若如此，我们所有的舰艇和飞机都将变成动弹不得的一堆废铁。”

“日本人为什么会犯下如此多的致命错误？只有一种解释，那就是上帝在帮助我们。所以，上帝并没有抛弃我们，他仍然和我们站在一起！”

我之所以将尼米兹的讲话原文照转，是因为这篇讲话实在是太精彩了。

尼米兹受命于危难之际，接手的是一个名副其实的烂摊子。正如他在致罗斯福总统电中所说：“大多数人已经悲观到了极点，他们认为，日本太过强大，美国已成上帝的弃儿。我要做的最重要的事情，是帮助他们找到藏在乌云中的霞光。”果然，他找到了。

当时真是百废待兴，但第一要务是振奋士气，鼓起信心。信心比军舰重要，比飞机重要，比航空母舰重要。在那样的悲惨时刻，他用乐观精神让自己的部队挺起了胸膛。他没有表达对失败的悲伤，对遇难战友的哀悼，甚至没有表达对敌人的仇恨，而是独辟蹊径，分析了日军的三大失误。通过他的分析，让官兵们看到了不幸中的万幸，失败中的希望，乌云中的霞光。特别是他把日军的失误归结于上帝对美国的眷恋，使官兵们倍受鼓舞，重新树起了信心。

一个月后，美国海军突袭了日军控制的马绍尔群岛和吉尔伯特群岛，一举击沉了日军8艘舰艇，太平洋战争由此走向转折。

听听美国专家怎么说

战争年代出英雄，和平年代出专家。无数革命先烈用鲜血和生命换来了几十年的和平生活，和平生活孕育出一批又一批形形色色的专家。

当代社会是一个专家辈出的社会，我是一个崇拜专家的人。我自号冷眼观天下，对关乎国家安全的大事喜欢乱琢磨瞎操心。我自揣才疏学浅，遇到弄不明白的问题，总想听听专家的高见。

令我遗憾的是，有的专家的话越说越不着调，我也是越听越糊涂。于是我不得不把眼光扩大到国外，听听外国的专家怎么说。两相比较后，再做判断，果然就明白了许多。

美国著名学者威廉·恩道尔出了一本书，书名叫《目标中国——华盛顿的屠龙战略》。我在网上看到关于此书的评介后，立马就买了一本。书到后展卷阅读，刚看了几页就大吃一惊。

本书作者告诉我们，美国当局正在全世界摆兵布阵，下子设套，企图用慢火煮蛙的策略，彻底搞垮中国。

尽管中美之间不乏握手言欢，觥筹交错，但这些不过是镜花水月。美国的外交归根结底是由其自身利益决定的，与鸦片战争时英帝国对清朝的策略并无两样。中国的决策者对此务必要保持警醒。

从 2005 年开始，华盛顿用慢火煮蛙的策略来对付中国，并且逐步把火调大，妄图重创直至扼杀中国发展。虽然离沸点已经不远，但中国仍有时间。对于中国领导人和人民而言，现在绝对不能对对手的残酷和意愿抱些许幻想。

看到这里，还能不吃惊吗？

再往下看，那就不是吃惊，而是毛骨悚然了。

美国在军事上加紧布局，对中国形成大兵压境之势。五角大楼的珍珠链战略，是一条环绕中国的绞锁。一旦冲突出现，这条绞锁就会抽紧，中国获取能源和原材料的海上通道，就被彻底掐断。

不仅如此，美国还对中国展开了货币战争、石油战争、粮食战争、环境战争、网络战争、媒体战争，为中国设下了招招险境的套中套、步步为营的链中链。

就以粮食战争为例，作者作了如下描述：

越来越多的中国青年因对美国快餐成瘾而肥胖。肯德基、麦当劳全球连锁店，秘而不宣地把致人上瘾的化学成分加入鸡肉派和牛肉饼中。在物质形态上，快餐只是工业化的垃圾食品，在本质上却是新型鸦片。新鸦片战争的打手，不是停泊在广州城外的战舰，而是人们对美食的幻觉——更可怕的、比 1840 年的大英皇家海军军舰更严重的危险，因为这个对手没有外形。

转基因是一种特洛伊木马，华盛顿的美国精英精心设计，只要中国允许它进入，20 年内中国的食品安全将被摧毁。放纵转基因产品，终将被证明是新中国自 1949 年成立以来犯下的最严重的错误。

看到这里，真是不寒而栗了！

不过我们的专家好像不是这么说的。有一位顶级老外交家，喋喋不休地教导我们，当今世界，和平发展是主流。对于国家面临的凶险，他老人家视若无睹，反而指责别人是杞人忧天。他从不担心军事落后会受制于人，却害怕军事力量的发展会刺激别人。他给我们指的路就是逆来顺受，委曲求全，“继续装孙子”。更有甚者，有个大腕专家说什么“民族主义祸害中国一千年”。依他所见，岳飞、戚继光成了千古罪人，秦桧、张邦昌反倒成了功臣！

我对美国学者威廉·恩道尔充满了敬意，他用良知和正义，提醒我们增强忧患意识，不要做温水中的青蛙。至于我国的某些专家们，让我说你们什么呢？

不要把问题都推给老祖宗

中国的教育体制和教学方法饱受诟病。应试教育、高分低能、死记硬背、摧残学生，等等，不一而足。大家说起来无不痛心疾首，但谁都没办法改变它。理由很简单，这是中国传统特色，自古至今，就是这么一代一代传下来的。老师讲，学生听，记不住，背不下来，就要挨打，老师打手心，家长打屁股。大家不都是这样过来的吗？

今天读《民国先生》一书，发现一则趣闻，推翻了上述说法。

民国时期，北京大学有位老先生叫朱蓬仙。这老先生是章太炎的弟子，很有学问，但课上得不怎么样。他讲《文心雕龙》，出了几处错误。学生们不服他，要赶他下台。傅斯年等学生把他的讲义拿来研究，竟然发现三十多处错误。于是学生们联名上书弹劾老师。当时北大校长是蔡元培，他亲自召见上书学生。学生们轮流发言，一一指出，书上是怎么写的，老师是怎么讲的，错在哪里，应该怎么讲。一句话，这样的老师误人子弟，我们不欢迎。蔡校长一听，果然是学生说得对。于是就找朱老先生谈话，您就另谋高就吧！

现在的学生听了这段故事肯定很兴奋，北大的学生太厉害了，敢让老师下课。其实这不是老师和学生谁厉害的问题，它反映了当年北大的学习环境。老师未必高于学生，学生可以质疑先生。学生要把老师驳倒，需要下多大的功夫去自修，去研究。老师要想不下课，就要深钻细研，精益求精。这种氛围里培养出来的学生，能不厉害吗？有这样的学生倒逼着，能不出大师吗？这不就是教学相长吗？

试想这样的故事能发生在今天吗？不可能。正确的答案只有一个，在老师手里。你不按老师讲的去答题，扣你的分。现在的学生要弹劾老师，那下课的不是老师，而是学生。现在的学校，不乏朱蓬仙，不缺傅斯年，缺蔡元培。

如此看来，教育上存在的诸多问题，并不都是遗传基因作怪，都推给老祖宗是不公平的。中国传统的教学思想有许多闪光点，孔老夫子的举一反三、不启不发、教学相长，你能说过时了吗？恰恰是我们该继承的没有继承，该抛弃的反而固化了、强化了。

有人问我，你怎么关心起教育了？我说因为再过一年，我的孙子就要上学了。每当我看到天刚麻麻亮，小孩子就被强制叫醒，背着沉重的书包，一边走一边吃早点，我就想到，再过一年多，我的孙子就是这样。一想到这里，我就心疼。

首长名叫刘必积

我有一个老首长，名字叫刘必积。这个名字有点怪怪的，不知是什么意思。想问问他，因为他年龄比我大得多，职务比我高得多，张不开口。一直存疑几十年。

近读《周易》。读到坤卦的一段文字，恍然大悟。原来“必”“积”两个字，还真有说头。

《易》曰：“积善之家，必有余庆；积不善之家，必有余殃。”《易经》晦涩难读，但这两句话浅显易懂，和白话文差不多。过去也读过，但没有深思。现在稍加咀嚼，就觉得有点味道了。

“必”者，必然也；“积”者，累积也。这两句话是告诫人们，善有善报，恶有恶报，种瓜得瓜，种豆得豆。这是铁定规律，屡试不爽，概莫能外。

但是现实生活中往往有反面的例证。在公务员队伍里，有的干部勤勤恳恳，任劳任怨，政绩突出，群众威信高，但是调职晋级老是排不上号。而有的人没有多少真才实学，心思不在工作上，但是善于投机钻营，却能步步高升。

在生意场上，有的人遵纪守法，一年到头辛辛苦苦，只能挣个温饱。而有的人投机倒把，坑蒙拐骗，却成了先富起来的“少数人”。

类似的例子，在我们周围比比皆是。“好人不长寿，祸害一千年”；“好汉无好妻，懒汉娶花枝”。这样的人和事并不少见。

于是就有人对善恶因果产生了怀疑，感叹天道不公。说是“必”，其实未必。

任何规律的显现，都有一个过程，一个不断积累的过程，一个由量变到质变的过程。善恶报应，并不是一报还一报，现场兑现。不是不报，时候未到。

毛泽东曾经说过，一个人做一件好事并不难，难的是一辈子做好事。坚持做好事，可能要吃点眼前亏，但是老实人不会一直吃亏，一切失去的终归会以另外一种方式归来。

同理，一个人做一件坏事也并不可怕，短期内还会得点实惠。但是如果不加约束，在作恶的道路上越走越远，到了恶贯满盈那一天，得到的终归要加倍偿还。昨日座上客，今日阶下囚，已经见怪不怪了。

这段话告诉我们，积善不求善报，积之渐久，善报必至；积恶必有恶报，闭门思过，抽身宜早。

老首长以“必积”命名，大概是一种自我警觉吧！

重读《红楼梦》札记（一）

洋洋大观，一言以蔽之，梦幻二字而已。开篇第一回，作者即明言不讳，梦幻，是全书宗旨。分享宝黛悲喜泪，只缘身在红楼中。跳出红楼外，方得作者真谛。

那红尘中却有些乐事，但不能永远依恃。况又有“美中不足，好事多磨”八字紧相连属，瞬息间则又乐极生悲，人非物换，究竟是到头一梦，万境归空。此数语是梦幻的注解，饱含哲理，虽然易懂，却是难悟。

贫者日为衣食所累，富者又怀不足之心。世上之人，无论贫富，大都离不开一贪字。贫者为生而贪，富者为奢而贪。所谓贫寒思温饱，温饱思淫欲。

甄士隐听了好了歌，大彻大悟，跟随疯跛道人而去，真正实现了解脱。只因甄士隐半年多来迭遭变故，爱女失踪，因痛致病，家遭火灾，投人不着，此时已是万念俱灰。因此一听好了歌，正中下怀，引起强烈共鸣，自然一拍即合。如甄士隐仍旧过着无忧无虑的小康生活，听了好了歌，也就一笑了之。此处和逼上梁山异曲同工。

贾雨村当年穷困潦倒，没有盘缠进京赶考。甄士隐慷慨相助，送他五十两白银，两套冬衣。贾雨村高中升官，甄士隐已出家两年。贾雨村赏了甄士隐岳父封肃二两银子，算是对当年赠银送衣的了结。送了甄家娘子两封银子四匹锦缎，讨甄家丫头娇杏做了二房。典型的重色轻友，势利小人。此类人当今并不少见。

贾雨村升了知府。虽才干优长，未免有些贪酷之弊，且又恃才侮上，那些官员皆侧目而视。他的上司参他一本，说他生性狡猾，擅篡礼仪，且沽清正之名，而暗结虎狼之属，致使地方多事，民命不堪。龙颜大怒，即批革职。由此可见，贾雨村不是能力问题，而是品质问题；不是做官不行，而是做人不行。

从冷子兴口中道出，以前被免职的官员，可以被重新起用。贾雨村得知后，即刻考虑如何走门路。因为他知道，政策归政策，但政策落实到自己头上，非有关系不行。中国式关系源远流长。他在林如海家当家庭教师，地位虽不显赫，却有搭车之便。于是通过贾政这条路，轻而易举谋得应天府之职。他需要钱，就有甄士隐送上银子。他需要官位，就有贾政送上职缺。这家伙好运气。

主要角色出场，一般是重重铺垫，浓墨重彩，华丽转身。林黛玉出场，一言不发，一笔带过，此欲扬先抑之法也。

黛玉初进荣国府，步步留心，时时在意，不肯轻易多说一句话，多行一步路，唯恐被人耻笑了她去。须知此时黛玉年方六岁，正是天真活泼之时，可怜可叹！此处不写不敢，却写不肯，是写黛玉心机之深也。

重读《红楼梦》札记（二）

贾母正面榻上独坐，李氏捧饭，熙凤安箸，王夫人进羹。正所谓君君臣臣，父父子子。

毛泽东认为第四回是全书总纲。他是用阶级分析的方法读《红楼梦》。

第四回写了个小人物。贾雨村初任应天知府，接手薛蟠打死人命案。就在他发签捉拿凶手之际，被一门子用眼色制止。原来贾雨村进京赶考前曾落难葫芦庙，这门子是庙里一个小沙弥。这门子以故人自居，向贾雨村详细介绍了当地官场关系网，奉献了护官符，并出了个馊主意，让贾雨村徇情枉法，胡乱断了此案。这门子自以为得意，不禁沾沾自喜，岂不知聪明反被聪明误，犯了官场大忌。官场上很多事，看破不必说破，明知故作不知。贾雨村早已不是当年落魄秀才，身为知府，岂能容一个知根知底的小人在自己眼皮底下狐假虎威，自作聪明。不久，贾雨村随便找了个理由，把他充军发配了。这小子自作自受，贾雨村没有杀人灭口，也就算便宜他了。

身后有余忘缩手，眼前无路想回头。落马贪官铁窗内感悟多有此语：我要那么多钱干什么！

宝钗品格端方，容貌丰美，行为豁达，随分从时，黛玉所不及。

宝玉在秦可卿房间午休，秦氏一切安排停当，吩咐小丫鬟们，好生在廊檐下看着猫儿狗儿打架。这最后一句犹如画龙点睛。秦氏想得细，曹雪芹写得细。记得几十年前，为不影响某首长睡觉，有关部门曾下令汽车绕道。一笑。

刘姥姥劝女婿，话糙理不糙。守多大碗吃多大饭，有多大能耐干多大事，志大才疏，眼高手低，必将一事无成。

周瑞家的奉命给姑娘们送花，一路上皆大欢喜，唯有黛玉节外生枝：是单送我一人的，还是别的姑娘们都有呢？周瑞家的回道，各位都有。黛玉冷笑道，我就知道别人不挑剩下的也不给我。真不知林姑娘气从何来！这种小心眼，伤己又伤人。挺黛者还颇为欣赏，称赞其有性格，真不知是何心态。如今官场一些相当职务的领导，为了位置排序等鸡毛蒜皮小事争风吃醋，读书至此不知做何感想。

焦大醉骂，凤姐贾蓉遥遥听得，装作没听见，妙。听见又如何，与一个醉汉对质不成？本是心知肚明，何必越描越黑？

第七回周瑞家的来到梨香院，只见宝钗穿着家常衣服，头上只散挽簪儿，坐在炕里边，伏在小炕桌上，同丫鬟莺儿正描花样呢。第八回宝玉去看宝钗，只见房间吊着半旧的软帘，宝钗衣服半新不旧，坐在炕上做针线。说明宝钗谨守妇道，勤习女工，不喜铅华，生活简朴，是大家闺秀，是正经过日子的人。

罕言寡语，人谓藏愚。安分随时，自云守拙。十六字赞尽宝钗，铭之座右可也。

重读《红楼梦》札记（三）

跛足道人送给贾瑞的风月宝鉴，正面看是美女，反面看是骷髅；糊涂时是美女，清醒时是骷髅；得意时是美女，失意时是骷髅；看不穿是美女，看穿了是骷髅。如能从美色见骷髅，从富贵见贫穷，从得意见失意，从青春见衰老，则称得起大彻大悟，成佛成仙了。贾瑞至死执迷不悟，当今世上此类人不在少数。

贾瑞有罪，罪不至死。凤姐欲擒故纵，步步设局，必置其死地而后快。用心及手段何其毒也！

秦可卿临死与凤姐一席话，读来有醍醐灌顶之感。月满则亏，水满则溢，登高必跌重。否极泰来，荣辱自古周而复始，改变事物发展大趋势非人力所及。唯一能做的是未雨绸缪，退一步想，常将有日思无日，莫到无时思有时。秦氏提议在祖茔附近广置田产，以备日后果腹之需，真有先见之明，无奈贾赦贾政之辈见不及此。想起宋时一则轶事。宰相蔡京聘一家庭教师，该教师对蔡家子孙说，别看你们家现在轰轰烈烈，不久就会树倒猢狲散。你们还学什么文化，不如学跑路，看谁跑得快，到时候还能保命。二者有同工之妙。

秦可卿丧命，家人泣下谁最多？第一个是本家叔叔宝玉，只觉心中似戳了一刀，忍不住“哇”的一声，直喷出一口血来。第二个是公爹贾珍，直哭得像泪人一般。而最该哭的两个人却不见一滴泪，婆婆尤氏赖病在床，丈夫贾蓉深藏不出。当哭不哭，不当哭而哭，此大谬也。其中曲折，不写而写也。

秦可卿治丧期间，贾珍邀请凤姐协理宁国府。凤姐把宁国府管理混乱的表现和原因归纳为五点：人口混杂，遗失东西；事无专职，临期推诿；需用过费，滥支冒领；任无大小，苦乐不均；家人豪纵，有脸者不服钤束，无脸者不能上进。这五条，核心是事无专执，苦乐不均，赏罚不明。这不仅是家庭病，也是单位病，行政机关尤其如此。机关越大，病情越重。平时可以安然度日，遇到大事就暴露出弊端。

一朝权在手，便把令来行。王熙凤并没有随心所欲，而是先立规矩，定章程，建立责任制。人定岗，岗定责，言出法随。坏了规矩，或扣工钱，或大板打屁股，不分亲疏，一律平等。简单几招，宁国府天下大乱达到天下大治。王熙凤果有理家才干，既可齐家，治国也未尝不可，不过没有机会给她。厅长局长市长县长们，尸位素餐，才干不及凤姐者大有人在。

王熙凤协理宁国府小试身手，展现出非凡的理家才能。荣国府由她长期治理，照理说应该是井然有序，积弊全无。其实不然。凤姐因小产无法理政，由李纨、探春、宝钗成立三人小组，临时负责荣国府日常管理。凤姐一躺倒，问题马上就显现。这三位小姐发现，接手的竟然是个烂摊子。宁国府存在的问题，荣国府几乎都有。这些弊端，凤姐其实心知肚明，而且根子就在她身上。正是由于这些乱象的存在，凤姐才便于浑水摸鱼，假公营私。李纨等人要改革，最终都要触动凤姐的利益，而凤姐的后台是王夫人。凤姐不倒，任何改革都必然胎死腹中。宁国府的改革，不能在荣国府复制。因为凤姐在宁国府没有利益，在荣国府却有股份。

重读《红楼梦》札记(四)

林姑爷死讯传到荣国府，凤姐对宝玉说，林妹妹成了孤儿，这下要在我们家长住了。宝玉说，不得了，这几天林妹妹不知哭成什么样呢！两人同时想到了活着的林妹妹，却没有想到刚刚死去的林姑爷。可叹！

可卿出殡，熙凤宝玉一路说笑玩耍，不像治丧，倒像郊游一般。二人灵前大哭，非逢场作戏而何？

凤姐对老尼静虚说道：你是素日知道我的，从来不知什么是阴司地狱报应的。阿弥陀佛，贼胆如此，什么样的事做不出来，佛祖也只能徒唤奈何！

秦钟得趣馒头庵，全不念姐姐尸骨未寒，热孝在身。

长安财主之女张金哥，已与守备之子定亲；长安府太爷小舅子李衙内看中了金哥，欲强娶为妻；张财主贪图权势，向守备之子退亲遭拒；张财主通过馒头庵尼姑静虚勾结王熙凤；王熙凤以贾琏名义致书长安节度云光；云光以权势压迫守备退亲，以此讨好贾府；张金哥和守备之子双双殉情自尽；张、李与守备三家人财两空，王熙凤从中得白银三千两。如此曲曲折折，作者以轻轻之笔，一页纸带过。仅此一件，即可洋洋洒洒，写出一部巨著来。

凤姐平儿，一妻一妾，本是冤家对头。平儿却帮凤姐欺瞒贾琏。盖因凤姐不可欺，琏哥不可依也。此是平儿聪明处，亦是无奈处。

皇上有再生之德，恩准嫔妃回家省亲。凡事皆有善恶两面。皇亲们为迎接女儿回门，纷纷起宅造院，银子花得像海水似的。用赵嬷嬷的话说，不过是用皇帝的银子往皇帝身上使罢了。皇帝哪来的钱，还不是敲诈老百姓的？一则以喜，一则以忧，喜的是皇亲国戚，忧的是平头百姓。

工程项目承包，材料采购，历来都是肥差。大观园采购一职，贾蓉、贾蔷谋得，自己从中渔利不说，先考虑如何孝敬凤姐、贾琏。凤姐顺势把赵嬷嬷两个儿子安插进去。写得天衣无缝，读来犹如今日。

秦钟将死，魂魄离身，百般求告鬼判。无奈这些鬼判都不肯徇私，反叱秦钟，阎王叫你三更死，谁肯留人到五更？我们阴间上下都是铁面无私的，不比你们阳间。此数语骂尽人世官场。却不料宝玉来看秦钟，众鬼判屁滚尿流，互相埋怨，早把原则丢在脑后，把秦钟放了回去。原来这阴司也是欺软怕硬，执法者也是有自主裁量权的，该照顾还是要照顾的。人鬼一般，阴阳同理。读来好笑，细思可悲。

贾妃赏赐糖蒸酥酪，宝玉知道袭人爱吃，命留给袭人。李嬷嬷来看宝玉受到冷遇，赌气把酥酪吃了。宝玉回家得知后正待发怒，袭人笑说：我上次吃的时候觉得不错，哪知吃下去拉肚子，她吃了正好，不然也浪费。袭人几句话，消弭一场风波。如换成晴雯，非弄得鸡飞蛋打不可。袭人贤惠，有涵养，于此可见一斑。

重读《红楼梦》札记（五）

“枕上轻寒窗外雨，眼前春色梦中人。”好句。

贾环存心使坏，用油灯烫伤宝玉。王夫人、凤姐痛责贾环，连带赵姨娘。唯宝玉不肯落井下石，说是自己不小心失手所致。人有善恶之分，宝玉心存善念，牺牲小我以成大我，是可敬之处。

马道婆是个小人物，戏不多。她到荣国府半天，干成了两件大事。一件是应贾母之请为宝玉供奉菩萨以消灾，得了每天五斤香油钱。另一件是帮助赵姨娘施展魔法害宝玉、凤姐，得到一大堆碎银子，外加一张五百两的借条。马道婆与刘姥姥不同，她不张口要，而是投其所好，设饵布局，引人入套。她得了实惠，但名义上却是为人消灾，积德行善。正应着那句俗话，她把你卖了，你还帮她数钱。

与马道婆相对应，还有一个张道士。张道士与马道婆又不同，张道士是笑容满面，一味谦恭。他出场数百字，哈哈大笑三次，赔笑五次。在贾母面前敢于哈哈大笑，既是倚老卖老，又可掩饰窘迫，舍老张其谁也？张道士的笑，显示出忠厚、慈爱、智慧、老到的形象，如放在他人身上，则非奸即滑也。

探春托宝玉上街带点好玩东西，不要古董，不要衣服，也不要吃的。想要柳条编的篮子，竹根抠的香盒，胶泥垛的风炉，都是经过初级加工的工艺品。她的要求是“朴而不俗，直而不拙”。这八个字看似简单，其实不然。当今市场上琳琅满目的工艺品，要么花里胡哨，要么俗不可耐，真正做到这八个字的又有几何？不仅说的是工艺品，书法家写的字、艺术家画的画、设计师设计出的建筑，还有近年来雨后春笋般的农家乐，能做到这八个字的又有几何呢？

黛玉葬花辞，我最爱者四句：“怪侬底事倍伤神，半为怜春半恼春。怜春忽至恼忽去，至又无言去不闻。”有禅意，有辩证法，非无病呻吟也。

王夫人房中的大丫头金钏跳井自杀，空出一个大丫头的编制。一时间给凤姐送礼的多了起来，小丫头们都想补这个缺。王熙凤事也办、礼照收，还有自己的理论：钱是他们自己送的，又不是我要的。僧多粥少，免不了八仙过海，各显神通。只是苦了那些不会跑、不会送只知埋头干活的丫头们。

湘云请贾母入园赏桂。贾母问哪一处好？王夫人说：凭老太太爱在哪一处，就在哪一处。凤姐道：藕香榭已经摆下了，那山坡下两棵桂花开得又好，河里的水又碧清，坐在河当中亭子上岂不敞亮，看着水眼也清亮。贾母道：这话很是。凡有过官场经历的人，王夫人和凤姐这两类官员都似曾相识。王夫人是庸官，遇事无主见，只知唯唯诺诺，迎合上司，领导说咋办就咋办。凤姐是能臣，善于揣摩上意，遇事能提出建议，往往恰到好处，屡被采纳。哪一种部下能吃得开，关键看遇到什么性格的上司。比如贾母就喜欢凤姐，不喜欢王夫人。

重读《红楼梦》札记（六）

刘姥姥二进荣国府，大碗喝酒，舍命陪君子，意在博贾母一笑，多得几个路费。古语云衣食足然后知荣辱，缺衣少食也就顾不得体面尊严了。但读至下回，刘姥姥离开贾府时，吃的、穿的、用的装了满满一车，还有一百余两真金白银，也算是物有所值了。

刘姥姥酒醉误入怡红院，倒在宝玉床上呼呼大睡。幸被袭人发现，悄悄把她唤醒带出，编个故事搪塞过去。袭人此举既保护了刘姥姥，又保护了自己，少了多少麻烦。倘若被晴雯撞到，一场大吵大嚷势不可少，不吵个天翻地覆不算拉倒。刘姥姥丢人现眼自不必说，再一追究责任，多少人难逃干系。

小大姐有点发热，凤姐说与刘姥姥。刘姥姥说，富贵人家小孩太娇贵，以后少疼她些就好了。正巧王太医进府给贾母诊脉，看了小大姐，说是清清静静饿两顿就好了。王太医与刘姥姥不谋而合，盈则损之，实则泻之，过犹不及，富贵病须用贫寒之方医之。

贾赦看上了贾母的丫鬟鸳鸯，想讨来做妾，交给邢夫人去办。邢夫人自觉没有把握，找儿媳凤姐商量。诗书官宦之家，竟有此荒唐尴尬之事，贾家不败真无天理。

贾赦得知石呆子家藏几把古扇，必欲据为己有。石呆子宁死不从。贾雨村滥用权势，给石呆子栽了个拖欠官银的罪名，拘人抄家，古扇终归贾赦占有。想当年贾雨村走贾府门路当上了官，现在投桃报李，也是顺理成章之事。贾雨村要保住乌纱帽，还离不开贾府这个靠山。贾府遇到难办的事，对贾雨村来说正是输诚的天赐良机。贾雨村的权力是谁给的，是贾府给的。“取之于贾用之于贾”，岂非正合逻辑！如此黑暗，作者以轻松笔调写出，笔底掩藏多少血泪。须思世上有多少仗势欺人的贾府，有多少滥用职权的贾雨村，有多少忍气吞声的石呆子。

想当年，甄士隐是个大财主，贾雨村是个穷秀才，香菱是个娇小姐，娇杏是个小丫鬟。若干年后，甄士隐成了疯道士，贾雨村成了大司马，娇杏成了诰命夫人，香菱成了呆霸王的侍妾。日月轮流，造化弄人，三十年河东三十年河西，时也运也命也。

不当家不知柴米贵。贾府潜伏的危机，凤姐看得最清楚。僧多粥少，入不敷出，崩盘是早晚的事。但凤姐并无意挽狂澜于既倒，而是乱中取利，中饱私囊，为自己准备后路。虽然不能把贾府垮台责任推给凤姐，但她起了助推作用则是无疑的。

凤姐小产，李纨、探春、宝钗三人小组临时执政。作者如此安排，意在显探春之能，彰凤姐之恶。大观园乱象丛生，根子在凤姐。三人小组，探春是核心。探春眼光敏锐，善于发现问题，敢作敢为，不怕得罪人，关键在于没有私心，不谋私利。但探春无凤姐之辣、宝钗之柔、李纨之愚。贾府积弊已深，改革只能短期见效，势不能久。

重读《红楼梦》札记（七）

“人人只说我傻，你比我更傻。”（宝玉说紫鹃）说此话者，便是真傻。

宝钗暗中接济邢岫烟，并非姑嫂之情，实出惜弱怜贫之心。大观园中，更无第二人，黛玉更不可比。

赵姨娘指使彩云偷了王夫人房中的玫瑰露。平儿、袭人等心中有数。只是揭穿彩云，带出赵姨娘，又连累到探春脸上不好看。这叫投鼠忌器。于是转嫁危机，让五儿顶罪。幸亏宝玉于心不忍，供认是自己开玩笑，为众人解脱。试想今日职场，化公为私闷头发财的何止一个彩云。只是她背后依仗着赵姨娘，又间接连着探春，执法者也就眼睁眼闭，息事宁人。更有无辜者糊里糊涂被拉去顶罪，甚至掉了脑袋还不知是何原因。只是再无敢于站出来为无辜者开脱的贾宝玉了。

大事化为小事，小事化为没事，方是兴旺之家。此乃平儿治家格言。

嘴甜心苦，两面三刀，上头一脸笑，脚下使绊子。明是一盆火，暗是一把刀。凤姐为人，却从小厮兴儿口中道出。无奈尤二姐太天真，我只以礼待她，她能怎么样？岂知礼能待君子，不能待小人。尤二姐最终以生命为代价，才明白此理。

柳湘莲似梦非梦，见一跛腿道士捉虱。遂问此系何方，仙师何名？道士曰：我亦不知此系何方，我系何人，不过暂来歇足而已。人生在世，不过如此，诸般烦恼，更有何益？

凤姐逼死尤二姐一段，集中体现了人类丑恶的一面，阴险、毒辣、虚伪、凶残。

凤姐能办事、会办事、敢办事，但不给钱不办事。就连贾琏找她办事，也要抽取好处费。以权谋私到了无所不至的地步。

贾府外面看上去光鲜，其实入不敷出，不得不靠典当应付危机，势不能久。就连下人林之孝都建议降低生活标准，裁员节流。只是这样一来，必然触动各方既得利益，遭到强烈反对。于是只能眼睁睁地看着它走向衰败。

曹雪芹多有惊人之语，却在不经意间流出。迎春生性懦弱，与世无争，毫无主见，奴才们欺负她，她也只是逆来顺受。黛玉笑她，幸亏你是个女子，若是个男人，一家人对你怎么依靠？迎春笑道：多少男人尚如此，何况我哉！男人们当对号入座。

抄检大观园，名义上是扫黄打非，实际上是两个派系的斗争。一线人物是凤姐和王善保家的，而他们身后分别站着王夫人和邢夫人。邢夫人对长期失宠不满，抓住机会发起反击，恨不得把事闹得天一般大；王夫人明里配合，暗中使绊子，意欲邢夫人阴谋破产。邢夫人是反守为攻，王夫人是以守为攻。此次斗争中，探春表现最为出色。对王善保家的狐假虎威，宝玉、黛玉等只是暗中不满，探春却是公开抵制，敢作敢当，勇于承担。特别是给王善保家的一记响亮耳光，不仅让丫鬟们暗里叫好，也让读者拍掌称快。

重读《红楼梦》札记（八）

中秋赏月，桂下闻笛，夜静月明，笛声悲怨，呜呜咽咽，袅袅悠悠，听者肃然危坐，顿生凄凉寂寞之意。贾母有触于心，不觉流下泪来。此写贾府已到强弩之末也。

晴雯、蕙儿、芳官被王夫人强行驱赶，是因为有人打了小报告，告了黑状。傻傻的宝玉问袭人，我们平时小范围说的悄悄话，太太怎么知道了？那么多丫头都有错，怎么就你和秋纹、麝月没缺点？这话问到了根子上，盖因袭人就是告密者，而袭秋麝三人是个小圈子。宝玉这一次算把袭人看透了。

宝玉到天齐庙烧香还愿，遇到卖狗皮膏药的假道士王一贴，问有没有治嫉妒的方子。可见此时宝玉心里还念念不忘晴雯。他知晴雯容艳招嫉，死于别人暗算。而凶手就是袭人。他索取此药，意在为袭人治病，也为天下妒夫妒妇治病。王一贴说出一剂疗妒汤，秋梨一个，二钱冰糖，一钱陈皮，水三碗。一剂无效，吃十剂；今日无效，明天再吃；今年无效，吃到明年。吃过一百岁，人死了还妒什么！虽是幽默笑话，却道出人生实情。嫉妒之心，人人皆有，无药可医，且伴人一生。

《红楼梦》读者，贬钗扬黛者居多。世人同情宝黛爱情，哀其不幸，怨及宝钗。平心而论，宝钗许多优良品质，不独黛玉无法企及，红楼粉黛皆不如也。

艳而不妖。若论长相，钗并不输黛，除五官等自然条件外，身体健康，肤色气质等，黛玉自不能比。而宝钗从不恃色傲物，而是落落大方，神定气闲。相比之下，黛玉未免矫揉造作，古里古怪。

圆而不滑。宝钗善于处人处事，宽怀大度，推让不争，因而甚得人心。善于化解矛盾，不惜委曲求全。面对各色人等，应对自如得体。善于自保，但是并不害人。宝黛爱情悲剧，宝钗并无小动作。倒是黛玉小心眼儿，疑心重重。

慧而不露。宝钗才干远在群芳之上，尤其是管理才能不输于凤姐。其观察问题、分析问题、解决问题的能力非常人所能及。但宝钗不事张扬，知道收敛，表现适度，时机、火候掌握恰到好处。

媚而不谄。宝钗善于事上，对贾母、贾政、王夫人、薛姨妈等极尽尊崇，深得长辈疼爱。但表现得体，并无刻意追捧、讨好卖乖之嫌，更无借机进馋、造谣生事、挑拨离间之举。

富而不奢。宝钗生于富贵之家，自幼娇生惯养。但与众姐妹不同，她的用度是最俭朴的，连贾母都说，女孩子闺房太素了些。与其兄挥霍无度相比更显突出。

薛蟠喝酒闹事，打死了堂倌。当地通过验尸初审，案情大白，记录在案。依照法律，杀人偿命，薛蟠当死。薛家通过贾政给有关方面打了招呼，又花几千两银子打点。当地县令、酒店老总及现场当事人串通翻供，故意伤人变成过失伤人。一场人命大案大事化小，小事化了，只是苦了受害者张三及其寡母。俗话说有钱能使鬼推磨，还不仅如此，有钱还能使死人变成活人。

重读《红楼梦》札记（九）

海棠花本应春天开，却在十一月开了。众人为哄贾母高兴，纷纷说是喜兆。独有探春沉思不语，暗中思忖：此花必非好兆，大凡顺者昌，逆者亡，草木知运，不时而发，必是妖孽。探春大有见地。果然，此后贾府厄运来临，种种潜伏着的矛盾一一爆发。万事万物皆有一定之规，凡违背自然规律，必非好兆。目前此类事甚多，不以为非，反以为是，世间虽有探春之明，只是暗中思忖而已。

黛玉之死，场景凄惨。评书者有言，读《红楼梦》至此不落泪者，非人也。然细思之，金陵十二钗各历劫难，黛玉算是最好的结局，此不幸中之大幸也。

世事洞明皆学问，人情练达即文章。此联最为宝玉厌恶，却备受贾政推崇。可惜贾政既不明世事，又不谙人情，既不能理家，又不能治国。他在中央机关（工部）当个部门副职还能混过去，一旦主持一方处理实务，立即原形毕露。他外放江西粮道，面对种种弊端一筹莫展，正常的工作都无法开展。他本欲洁身自好，却成了门人李十儿的傀儡被玩弄于股掌之上。李十儿狐假虎威、作威作福，贾政却不闻不问、听之任之。更可笑的是他还交代李十儿：我是要保命的，你们不要太过分，事闹大了与我不相干。如此庸官酷吏，官场乱矣，百姓苦矣。

张华、鲍二两案，本已了结，未料贾府抄家时一并翻出，常言不是不报时候不到，又说宁得罪君子不得罪小人，这些俗话分毫不爽。哪里有压迫，哪里就有反抗，有斗争，用在这里也恰如其分。

贾琏夫妇通过重利盘剥、暗中克扣等手段，谋利七八万两，一朝抄家，化为乌有。正应着一句古话，为谁辛苦为谁忙？秦可卿临死嘱凤姐及早抽身，奈何成了耳旁风，如今悔之何及。我若不贪财，如今也没有我的事。不但是枉费心机，挣了一辈子的强，如今落在人后头，是现身说法也。更可悲的是，大大小小的王熙凤还在乃祖覆亡的道路上越走越远。正所谓后人未及鉴古人，复使后人哀后人。

贾府被抄家，世袭被褫夺，贾赦、贾珍充军，后又圣命贾政世袭，真是一日数惊，悲喜交集。

贾府巨变，世态炎凉继续上演。贾雨村从穷秀才到官至京兆尹，全靠贾府提携。一旦贾府倒运，不但不知恩图报，反而落井下石，一幅势利小人嘴脸。女婿孙绍祖，不许迎春回府探望，还托人带言索债，直到贾政重获世袭，才放迎春归府省亲，竟无一丝亲情。就是府内下人，也都各有打算，有的另觅生路，有的浑水摸鱼。唯有焦大、包勇两仆人，一如既往忠心耿耿，令人钦敬。

贾母亡故，合府恸哭。然各有各的哭法，各有各的痛点。若认为都是悲伤而已，则误矣。

凡人自尽，必有不得不死的情由。贾母是鸳鸯的靠山，贾母一死，等待鸳鸯的是无穷无尽的苦难。为解脱而死，得殉主之名，也是死得其所了。

贾府遭劫，竟然无法报案。因为无人知道到底丢了多少东西。原来是一本糊涂账。

贾府无恩于包勇，包勇有大恩于贾府。包勇只知忠于职守，不会拉关系找门路。此类人不被重用，不讨人喜，但关键时刻却少他不得。贾府若无包勇，不知还要出多少故事。

贾府遭厄运，亲朋好友唯恐避之不及，刘姥姥却走上门来探望，是庄稼人，是忠厚人。

黛玉灵柩归南，宝玉并不悲凄。紫鹃悲痛不已，宝玉反倒笑着看她。此笑大有深意。往时宝玉之笑，或喜极而笑，或悲极而笑，或傻傻的笑。而此时之笑，却是看穿悟透，笑看世人，是一种阔大成熟的人生态度。人笑我痴，我笑人愚，不可同日而语也。

靡不有初，鲜克有终。贾府兴盛时，都想进去谋个职位，趋之若鹜。到了贾府衰败时，树倒猢狲散，各打小算盘，乘机捞一把的人比比皆是。真正能与主人共患难的，至一百一十八回，紫鹃、平儿而已。

宝玉执意出家，非为一情字所困。他的所见所闻，经历了太多的肮脏龌龊，积累了太多的愤懑与无奈。欲求解脱，除此之外并无他途。不是逼上梁山，是逼入空门。

巧姐避难一节，曲折惊险。可怜巧姐，最亲近的人如祖母、舅舅、叔叔等，必欲把她推入火坑。危难之际，救巧姐出苦海的，一奴仆一乡姥而已。看他二人联手，犹如地下工作者一般，好看。

读《瓦尔登湖》札记

书中警言名句迭出，值得我们反复咀嚼。

“时代固然在进步，但它对人类生存的基本法则并没有多大影响。”改革只是改变必须改变的，有的东西只要保持即可。

“绝大多数奢侈品，以及许多所谓使生活舒适的物品，不仅不是必不可缺的，而且极大有碍于人类进步。”我们的绝大部分追求，其实正是在设法获取更多的奢侈品。

“古代哲学家”，“从外表来看，他们比谁都穷；从内心来看，他们却比谁都富”。这样的哲学家，可惜早已绝迹了。

“时下哲学教授比比皆是，但哲学家一个也没有。”这是梭罗一百多年前说的，现在有改变吗？

“在我心目中还有一些人，他们看上去很富，实际上是各类人中最穷的人。他们尽管攒下了一点破铜烂铁，却不知道如何使用它，也不知道如何摆脱它，就这么着拿金银给自己打造了一副镣铐。”精彩！

“巴黎的猴王戴上一顶旅行帽，全美国的猴子便群起仿效。”写的是猴子，说的是人。表现的不是文明，是时髦。

“士兵被炮弹打中，他那身被炸烂了的军服会顿时变成高贵的帝王紫袍。”王成的军服，黄继光的军服，我们还记得吗？

“孤独不能用一个人跟他的同伴相隔多少英里来衡量。”孤独来源于我们的内心。

“太阳，风雨，夏天，冬天，大自然的纯真和恩惠是难以描述的。它们永远提供这么多健康、欢乐，还有这么多同情……”热爱大自然，不单是欣赏，还有感动，还有崇拜……

“……无论她走到哪里，哪里就是明媚的春天。”是诗，好诗！春天与仁者同驻。

“善是独一无二的、永远不亏本的投资。”我们的善行，最终会以不同的方式得到回报，尽管回报的周期可能很长。

人是神与兽的结合。我们的体内有一种兽性，我们崇高的天性正在昏昏欲睡。所谓修身，就是抑制兽性，唤醒天性。

“春天已经来临，可我们还在冬天徘徊。”让我们宽恕罪恶，放弃困惑，卸下包袱，重获精神自由。

“首先建立的是黄金时代。这个时代，没有人强迫它，没有法律，却自动地保持了信义和正道。在这个时代里没有刑罚，没有恐惧；金牌上也没有刻出吓人的禁律；没有喊冤的人群心怀恐惧观望着法官的面容；大家都生活安定，不必怕受审判。当时山上的松柏还没有受到砍伐，做成船只航海到异乡……四季常青，西风送暖，轻拂着天生自长的花草。”这就是上千年前人们幻想中的理想社会。现代文明的发展，是否与人类初心渐行渐远？

“多余的财富只能购买多余的东西。而灵魂的必需品，是用钱买不到的。”仔细想想，是不是这样？我们是不是正在为购买多余的东西而奋斗？

“遮住我们两眼的亮光，对我们来说无异于黑暗。唯有我们清醒的时候，天光才会大亮。”什么是清醒？清醒不是大睁两眼，而是打开心灵的天窗。

读《鬼谷子》札记(一)

见微知著，趋利避害，背死向生。不仅是游说之士遵循的基本原则，亦是全书大纲。

“圣人之在天下也，自古及今，其道一也。”其道虽一，所行不同，故曰“变化无穷，各有所归”。道虽不变，法术各异。进退择机，应景而动，宜先则先，宜后则后。度量长短，权衡轻重。用现代语言而言之，即原则性和灵活性的统一，变与不变的统一，目的与手段的统一，方向与途径的统一。

对手虽然素质不同，性格不同，应对方法看似有差，但原理是一样的。就是顺其自然，借力打力，欲进故退，欲抑故扬。施以四两拨千斤之术，让强者物极必反，走向衰亡；让弱者雪上加霜，加速灭亡。

开诚布公，须看对象。对友则可，对敌则不可。

与强大对手斗智，针锋相对莫若“先从其志”。让对方先尝到甜头，在错误道路上越走越远，然后顺势而为，令其自取灭亡。

要战胜对手，不能只为自己着想，还要为对手着想。弄清对手需要什么，希望什么，然后投其所好，挖好陷阱让对方自己跳。

“口者，心之门户也；心者，神之主也。”心有所思，口有所出，言多必失。所以，管住自己的嘴，弄明白什么时候该说，什么时候不该说，什么话能说，什么话不能说，至关重要。

察苏秦、张仪之辈，其玩弄一国君主于股掌上，无非是两手。一手是用利益引诱之，另一手是用危害阻吓之。前者为阳，后者为阴，阴阳交替使用，遂成大事。

与阳言者，依崇高；与阴言者，依卑小。以下求小，以高求大。为小无内，为大无外。由此言之，无所不出，无所不入，无所不可。看似高深，其实也简单。一言以蔽之，见什么人说什么话。

对一件事物的认识，要经过多次反复，才能得出正确结论。“反以观往，覆以知来；反以观古，覆以知今；反以知彼，覆以知己。”毛泽东在《实践论》中曾指出，一个正确的认识，要经过“去粗存精，去伪存真，由此及彼，由表及里”的多次反复。毛泽东是否读过鬼谷子，我不得而知也。二人所言如出一辙，则明矣。

“人言者，动也；己默者，静也。”以静制动，以无形求有声，则无不胜也。

“仰脸老婆低头汉。”对方沉默不语，就无法探求其实情与企图。只有千方百计、变幻莫测地去套对方的话。如对方抱着葫芦不开瓢，你有千条计我有老主意，目标就很难达成。无奈如此深沉淡定之人，实在是少之又少。

同声相呼，实理同归。我国外交反复强调共同利益大于分歧，合作重于对抗，大约源出于此吧？

欲取反与，是外交一大策略。将欲取之，必先与之，先与后取，少与多取，舍不得孩子套不住狼（笑）。

未见形，圆以道之；既见形，方以事之。不论对领导、对同事、对朋友，互相不了解、不熟悉时，要客气一点，圆通一点，切忌交浅言深，见面自来熟。互相了解以后，则要真诚相待，不能拿对付鬼子那一套对付自己人。

拍马屁，是取得君主信任最有效的方法。鬼谷子并不认为拍马屁是丑陋的，拍马屁也是达成目的的手段之一。拍马屁就是利用人心理上的弱点以达到控制他为我所用的目的。

欲成大事者，必先审时度势，察同异，别是非，见内外，知有无，决安危，定亲疏，然后事可成也。

“飞钳”一节不堪卒读，为达目的不择手段，无所不用其极，下三烂手段也在其列，正人君子所不齿。

“世无常贵，事无常师。”一成不变的事物是不存在的。“圣人无常与，无不与；无所听，无不听。”从一而终是不现实的，良禽择木而栖，良臣择主而事。但是也要有个底线，“谋不两忠”。投靠谁就为谁献策谋划，端谁家碗服谁家管，不能脚踩两条船，人在曹营心在汉。

“伊尹五就汤，五就桀。”伊尹五次与汤王合作，五次背叛汤王投靠桀，最后功成于汤。“吕尚三就文王，三入殷。”吕尚三次与文王合作，三次背叛文王投靠殷，最后名就于文王。伊尹、吕尚虽有才干，若遇不到成汤、文王，则将一事无成。成汤、文王用的不是他们的德，而是他们的才。

一个人在“甚喜之时”和“甚惧之时”，最高兴和最恐惧的时候，也就是情绪最不稳定的时候，最容易暴露其内心变化。把“甚喜”和“甚惧”推向极端，就能掌控其内心世界。反过来讲，一个人如不能控制自己的情绪，往往被别有用心的人钻空子。

读《鬼谷子》札记（二）

“谋之于阴，故曰神；成之于阳，故曰明。”事先谋划，潜谋阴密，鬼神不测。功成事遂，焕然彰著，世人皆知。“谋之于阴”，简称“阴谋”，意谓谋划越私密越好。“阴谋”起初是中性词，无贬义。

《权篇》论述语言表达能力，至今仍有借鉴意义。“说之者，资之也。”要说服对方，必须让对方认为你的话对他确有帮助。“饰言者，益损也。”益损者，增减也，有的话要说透，有的话点到为止。“应对者，轻论也。”仓促应对时，先浮泛应付过去，留有余地。“出言则欲听，举事则欲成。”说对方愿意听的，做对方愿意做的，不要拧着来。

“智者不用其所短，而用愚人之所长；不用其所拙，而用愚人之所工。”智者之短，不胜愚人所长；智者之拙，不胜愚人之工。取人之长补己之短，取人之工补己之拙，故能不困。智者因智所惑，往往看不到自己之短之拙，看不到别人之长之工，刚愎自用，长困而不自知也。

与地位低下的人说话态度要谦卑。越谦卑形象越高大。这一点很多人做不到。谦卑献于权势，越谦卑人家越看不起。

“无以人之所不欲而强之于人，无以人之所不知而教之于人。”别人不想得到的，再好的东西也不要强塞给他。强之于人，别人或成为负担，或怀疑你别有用心。别人不知道的，不要好为人师传授给他，别人会认为你在炫耀自己，低估他的智力。

欲去之必先纵之。要除掉一个恶人，先放纵他，让他恶贯满盈，然后借机灭掉他。这一招有点阴，有点狠。

“用赏贵信，用刑贵正。”赏赐部下须言出必行，切忌口惠实不至。前提是赏必当功，不能滥施。刑罪要公正，同罪同罚，切忌因人而异，受感情因素支配。

“圣人者，以类知之”，即类知法，或类比法。看一个人的品性，可以看他的朋友圈。物以类聚，人以群分。

世人皆知欲速则不达，须知欲多亦不达也。“欲多则心散，心散则志衰，志衰则思不达”，思不达则事不成。贪多嚼不烂，什么都想做什么都做不好。寡欲，是达成目标的重要途径。

天意不可违。何谓天意？自然规律是也。“春生夏长，秋收冬藏，不可干而逆之。逆之者，虽成必败。”我们多年来干成许多“与天斗与地斗”的大事，尝试了其乐无穷的快感。但是很快就受到了自然的惩罚，所得到的东西，以另外一种形式失去，甚至得不偿失，此即虽成必败也。自然如此，人生亦如此。“生养成藏”，生老病死，是有规律的，只能顺着来，不能对着干。“不可干而逆之，逆之者，虽盛必衰。”过度保养，过度治疗，往往事与愿违。

有守之人，目不视非，耳不听邪，行不淫僻，以道为形，以德为容，貌庄色温。这样的人是正人君子，虽然不多，总还是有的。纵横之术在这种人面前无效，只能三十六计走为上。连纵横家鼻祖也无计可施，足见邪不压正。

强者知进而不知退，必有亢龙之悔。

对于离弃自己而去的人，与其恶言绝交，不如良言勉慰，用诚意感化他。否则，自己阵营失去一个“员工”，对方阵营却多了一个内应。

留心别人的言语漏洞，抓别人的小辫子，先恐吓他，再结交他，使对方俯帖，为己所用。这一招最阴险，也最凶险。言多必失，严防小人，戒之慎之！

我对《般若波罗蜜多心经》的理解

《般若波罗蜜多心经》开头三字即“观自在”。“观自在”是对观世音菩萨的尊称。我们在寺院经常可以看到“得大自在”的牌匾。“自在”是人生的最高境界，是普通人难以企及的大智慧。“自在”不同于“自由”。“自由”是指自己的言行无拘无碍，其实这是不可能的，也是无法满足的。而“自在”是自我解脱。得大自在的人是不需要追求自由的，因为他已经实现了精神上的自由。而法律和道德对人的约束，对得自在的人来说并无意义。

过去以为，“空”，就是虚，就是无，就是什么都没有，这种理解并不准确。《心经》认为，任何生命体，世上万事万物，都是由色、受、想、行、识这“五蕴”因缘聚会而成。“五蕴”中没有一个主体，即“无我”；“五蕴”不是一成不变的，即“无常”。无我无常，即是空。人们常说要看破、看透、看淡、看空，不是你怎么看的问题，它本来就是“空”，“空”是万物的根本属性。“本来无一物，何处惹尘埃?”所谓得自在，就是真正明白了无常无我，特别是破除我执，万事都能放得下。

世界上任何事物之间，都不是绝对孤立的。“色不异空，空不异色，色即是空，空即是色。”空和色是一分为二、合二为一的。不同的人从不同的角度去看，得出的结论是不同的。空的外在表现是色，色的本质是空。

修行悟道，关键在心静，而不在吃斋诵经，烧香拜佛。按照佛的理念去实践人生，你就是佛。通过捐献礼佛的手段，离佛只能越来越远。

苏轼问佛印，你看我像什么？佛印说我看你像佛。佛印反问，你看我像什么？苏轼说我看你像狗屎。佛印笑笑，并不在意。苏轼说与小妹，小妹说，佛印看你像佛，因为他心中有佛；你看他像狗屎，因为你心里有狗屎。这就是二人的区别。佛印是佛，苏轼只能是诗人，他成不了佛。

六根接触六尘，六尘形成六识，六识造成偏执，偏执带来烦恼。要解除烦恼，关键在六识。六根清净这是不可能的，正确认识世界却是可以做到的。以宽宏平静的眼光看待万事万物，自然不会形成偏执，放下烦恼是完全可能的。

一个人的命运不是由环境决定的，也不是由神决定的，而是由你自己决定的。种瓜得瓜，种豆得豆，善有善报，恶有恶报。

佛陀在菩提树下悟道。他觉悟到的四大真理叫苦、集、灭、道。生命的过程就是苦的过程。苦来源于业的集合。脱离苦海的出路在于消灭贪、嗔、痴三心。灭三心的方法是戒、定、慧。

佛家说的无所得，不是没有收获，而是不要把收获当成包袱，成为参悟人生的障碍。

第二辑

品世相

厦门市长庄稼汉

2016 年 9 月，厦门市第十四届人大常委会第二十八次会议通过决议，任命庄稼汉为代理市长。此一消息借助网络媒体强势传播，全国已是家喻户晓。此庄稼汉者，非种庄稼的老汉也，姓庄名稼汉也。他虽出身农家，却没种过几天地，从家门进入校门，出校门进入官场。在官场奋斗耕耘几十年，经过多岗位锻炼，官至正厅级，等到“代”字去掉，就进入省级高干行列了。

我国有 660 个市，当然就有 660 个市长。若说某市市长是谁，除了当地老百姓，没有多少人知道他姓什么叫什么。这位庄稼汉同志却是一举成名天下知。他的知名度恐怕不在北京市市长郭金龙之下。这是因为他有一个响亮的名字。

姓名不过是一个人的代号而已。但是选择确定这个代号，却有着深层次的考量。看一看汉字在姓名中的使用频率，就可大致掌握不同时代的脉搏。忠、义、礼、智、信，蕴含的是中国传统文化的精髓。解放、建国、抗美、援朝，记录的是那个火红的年代。荣、华、富、贵，福、禄、寿，表达了人们对于美好生活的期盼。如果说中国人的姓名是一门综合科学，是中国传统文化的集中表现，那也毫不为过。

我真佩服庄稼汉他爹。他当时怎么给孩子取了这么个名字。他恐怕也没多少奢望，更没想到儿子有朝一日能当上市长。他只想儿子能像祖祖辈辈那样，踏踏实实种庄稼，每年多收个三五斗，吃穿不愁，无忧无虑。如果能实现广播里说的“楼上楼下，电灯电话”，那就更是心满意足了。却不料老天不负有心人，庄稼地飞出个金凤凰。我猜想这几天老爷子恐怕嘴都笑歪了。

人的取名权不在自己手里，但是长大后却可以自己给自己改个名字，这种事已是司空见惯。我有一个老朋友姓杨名克忠，今年已经七十大几了。我曾经问他，你的名字是不是后来改的？他很吃惊，你怎么知道？你原来是不是叫杨克终？他更是疑惑，连称不错不错。我又问他是不是1967年改的？他说是1968年。他追着问我听谁说的？我说我是瞎猜的。诗经有云，靡不有初，鲜有克终。做一件事，开始的时候参与者很多，但很少人能坚持到底。你就是那个能坚持到底的人。哪知道你半路一改，弄得一点文化都没有了，还破坏了自己的风水，影响了自己的一生。我说得一本正经，他听得一脸沮丧。

我真佩服庄稼汉。在他年轻的时候，这个名字未必那么好听，也没有给他带来多少荣耀。恐怕为此也没少受同学、同事们的调侃和嘲笑。他怎么就没去派出所改个名字呢？改成庄甲寒、庄加涵，也比这个名字好听啊！幸亏他没改，一改就不值钱了。

现在给小孩取名成了大问题，正在向追求高大尚发展。好像用字越奇、越洋、越生僻，就越有文化、有品位、有深度。其实，物极必反。名字还是越纯朴，越简单，越响亮。“庄稼汉”不就是证明吗？

合格和优秀，哪个更好些？

我想起一个问题，合格和优秀，哪个更好些？估计十有八九的人会回答，当然是优秀好。合格只是最起码的要求，是做人做事的底线，优秀则是在合格的基础上追求更高的目标。

此话不假。比如学生高考，有个分数线。这个分数线，也就是合格线，过不了这个线，你就没有上大学的资格。过了这个线，再根据你的分数，确定你是上一本，还是上二本，是上重点大学，还是上一般大学。特别优秀的，上清华北大，刚过分数线的，只能上什么什么学院了。

大学毕业后，考公务员，也有一条线，叫录取线，也就是资格线。过了这条线，你就入围了，但是还不一定行，因为还有面试。面试过关了，那才叫优秀，那才能走上仕途，那才能先当员再当长。这就叫学而优则仕。

如此说来，岂不是优秀好？要当就当优秀，当合格能有啥出息？

怪不得各单位每年都评优秀党员，没听说评合格党员的。我就多次被评为优秀党员。但是请“优秀们”扪心自问，优秀的就合格吗？

我们党有八千多万党员，敢拍着胸脯说自己合格的恐怕为数不多。对照一下党员必须履行的八条义务，有谁都做到了？有些所谓的优秀党员，连按时缴纳党费这么简单的要求都做不到呢！

那他怎么就当优秀了？原来，所谓优秀，充其量就是距离合格的标准稍近一些，要真正做到合格，还差得远呢。

我明白了，为什么正在开展的“两学一做”，提出要做一个合格党员，而不是优秀党员。做优秀党员容易，做合格党员难。做优秀党员，努努力就可以，做一个合格的党员，那可要奋斗一辈子。

这个老太该掌嘴

某日，安庆市退休老太王丽到社会保险费征缴稽核中心办事窗口办事。因其要求不符合政策规定，窗口没有给予办理。王老太软磨硬缠，要求“特事特办”。

该中心申报管理科何副科长本不在窗口上班，因去窗口检查工作正巧赶上这事儿，就亲自接待王丽，向她耐心解释了有关政策规定。王丽不但不领情，还动粗撒野飙起了脏话，指着何某说我就不信你女儿不得重病。何某经不住辱骂，一时冲动，动手打了王丽一嘴巴。这一巴掌惹下了滔天大祸，市社保局给予何某撤职处分。

何某身为公职人员，本来是为群众服务的，应当耐心宽容，纵有千万般理由，动手打人总是不对的，受到严肃处理也是应该的。但我总觉得事出有因，非因何某而起，撤职处分似嫌过重。

凡事总有个青红皂白，是非曲直。不客气地说，王老太挨这一巴掌是木匠戴枷自作自受。如果何副科长服务态度不好，仗势欺人，故意刁难，该办不办，你骂他是情有可原，他挨骂活该。他是人民群众的公仆，但不是你家的公仆，你说咋办就咋办。你的要求超出了他的权力范围，他已经向你耐心做了解释，你依然不依不饶，还张口骂人，这就有点倚老卖老、为老不尊、自取其辱了。

估计王丽同志和我年龄差不多，也到了含饴弄孙的时候了。到了这把年纪，本应给年轻人一个慈祥厚道、和蔼可亲的形象，像她这种表现，岂不是泼妇母夜叉么？尤其不能容忍的是，一个老奶奶怎能张口诅咒人家小女儿呢，那是和你小孙女差不多大的一枝花蕾呀！而且这个小女孩这几天正在生病，你不是往人家伤口上撒盐么？你如果骂的是何副科长本人，估计他忍一忍也就过去了，最多是自认倒霉。你骂他的心肝宝贝女儿，他一个血气方刚的大男人岂能与你善罢甘休？

也是何某命犯太岁，流年不利，遇到了王丽这样一个不讲理的主儿。何某在检讨中说自己年轻气盛不甘屈辱，倒也恰如其分。如果何某不是当着这个劳什子副科长，而是一个和王丽一样到窗口办事的人，你敢这样骂他试试看，打你嘴巴是轻的。他打的不是你这个老人，而是你这张臭嘴！打人的不是何副科长，而是一个小女孩的父亲！

前几天在合肥公交车上上演了这样一幕。一个 12 岁的小女孩给刚上车的老太让座慢了一点，惹得老太虎威大发，唠唠叨叨辱骂不休，车上旅客纷纷劝阻也不听。这时一位 40 岁左右的黑脸大汉怒不可遏，上前就是一个嘴巴，打得那老太满地找牙。后经治安部门处理，打人汉子赔偿被打老太 200 元。我突发奇想，如果找到这位汉子，让他再去给王丽一个教训，赔她 2000 元，我出！

尊老爱幼是我们中华民族的传统美德。我是一个退休老人，也渴望得到年轻人的尊重。但最近一个时期老头老太骂人、坑人、讹人的负面新闻委实不少，以至有坏人变老之说，真令我辈汗颜。过去常说教育要从娃娃抓起，现在看来这话不对，还是得从老人做起。

屠呦呦得诺奖，有喜又有忧

屠呦呦，一位85岁的老太太，得诺贝尔奖了。屠老太太是中国籍的中国人，在中国本土做出造福于人类的重大发现，受到国际认可，拿到了全世界的最高奖项。这是中国科学家首次获得诺贝尔奖。杨振宁、李政道也是诺奖获得者，但他们是外籍中国人，不能算是中国科学家。莫言也获得了诺奖，但莫言不是科学家，他的奖牌和她的奖牌含金量是不一样的。

屠呦呦的贡献在于她老人家发现了青蒿素——一种可以显著降低疟疾患者死亡率的药物。疟疾是世界性传染疾病，每年感染疟疾的患者超过3亿人，其中几百万人因缺乏有效药物治疗而死亡。青蒿素的发现，使疟疾患者死亡率在过去的10年内下降了50%，至少挽救了几百万人的生命。屠呦呦获奖，是中国科技，特别是中国医药走向世界的荣誉，使中国科技界信心大增，更使中医中药扬眉吐气。

这样一件天大的喜事，忧从何来？且听老汉道来。

中国第一个诺贝尔科学奖获得者，竟然是研究中药的老太太，我估计全世界没有多少人能想到。中医中药虽然有着几千年的历史，但是近百年来却陷入生死挣扎的困境。许多科学家、文学家、政治家的精英们，包括鲁迅、胡适在内，都好像和中医中药有深仇大恨，必欲置之死地而后快。当今主张废除中医中药的更是不乏其人。屠呦呦得奖后，如方舟子等人仍然死不改口，说屠呦呦的研究方法太落后，她的研究不可复制，也就是说没有典型意义。还有的科学家竟然说青蒿素源于中医，成于西医，与中医没有多大关系，功劳应该记到西医头上。我就弄不明白，明明是从中草药提炼出来的青蒿素，怎么就成了西药？青蒿素成为全世界治疗疟疾的基本药物，怎么就成了伪科学？西药传入中国不过才一百年历史，几千年来中国人靠什么战胜疾病、传宗接代？

屠呦呦得奖，据说事前她本人也不知道。她是由一名并不认识她的美国科学家连续六年向评委会推荐的。屠呦呦在中国的知名度并不高，她是一个“三无”科学家，没有博士学位，没有留洋背景，没有院士头衔。她几次参选院士，都被刷了下来。虽然原因堂而皇之，但我总觉得，主要原因恐怕是不会处关系，不会拉票，不会找门路。好在诺贝尔奖不需要组织推荐考核，只以事实贡献为依据。如果让中国科学院推荐，我估计怎么也轮不上屠呦呦。

中国科学家首次摘诺，本是可喜可贺的事情，国外科学界一片喝彩，而国内同行却不乏质疑之声。对屠呦呦得奖的责难，最集中的理由是，青蒿素的发现不是她一个人的功劳，是集体创造的成果。把功劳算在她一个人头上不公平。可惜诺贝尔奖只发给对人类有杰出贡献的个人。按照这种参与者有份的观点，中国科学家应该至少有几百人得奖，没有几百个名额摆不平。

屠呦呦获奖的消息传来，除了在业界产生较大影响外，普通民众并没有当成多大个事。它的影响远远不如张艺谋拍的电影在国际上得了个什么大奖，尽管这个大奖是以牺牲中国人的形象取媚西方评委而换取的。在一般民众眼里，尤其是在年轻人眼里，青蒿素的发现远远不如电影院里的一部大片。想当年张导得奖，粉丝们兴奋得像过年，多少年轻人彻夜狂欢。而屠老太太拿回这么大一个奖，又有多少人为她喝彩呢！这是不是在一定程度上反映了当代中国社会的价值取向呢？

诺贝尔奖落到屠呦呦头上，虽在情理之中，却在意料之外，许多人感到突然。这一消息在中国社会引起的反响有正面的，也有负面的，由此引发的思虑更是多方面的，可以说是一则以喜一则以忧。但愿我是杞人忧天吧！

这个女大学生怎么这么傻

安徽淮南的一位老太太被自行车撞骨折住进了医院，上了中央电视台的新闻专题。到底是女大学生小袁撞了人赖账，还是老太太恩将仇报，现在谁也说不清。老说老有理，小说小有理，但是双方都缺乏有力的证据支撑，最后很有可能不了了之。

“扶不扶”已经不是新问题，我对这类事已经不是很感兴趣。让我感兴趣的是老太太的儿媳妇的一段话。她面对记者侃侃而谈：如果不是她撞了人，她怎么可能送老人到医院，并且垫支了2000块钱？她是个大学生，她会这么傻吗？

天哪，这是什么逻辑？这个逻辑就是，你把老人送进医院，那就肯定是你撞的。反过来说，如果你不送老人进医院，那就肯定不是你撞的。

按照这个逻辑，女大学生小袁应该骑车快跑，让老太太坐在地上喊“哎哟”。我想小袁听到这段话会很自责：我怎么这么傻呢？

有个成语叫人心不古，意思是现在的人没有古人品德高尚。我对此一直存疑。社会在发展，在前进，一代更比一代强，今人怎么会不如古人？

但是现在我有点相信了。我年轻的时候，在大街上遇到一个躺在地上的老人会怎么办？毫不犹豫地上前搀起，至于有什么后果，不会考虑那么多。这不需要多高的觉悟，这只是人的本能。恻隐之心，人皆有之。看到一个小孩要掉到井里了，你能不伸手拉一把吗？

但是现在拉不拉还真成了问题。万一你一把没拉住，到底是你没拉住，还是你把小孩推到井里了？如果没有录像你能说清楚吗？这可是人命关天的事啊！

所以也别怪老太太的儿媳妇说话没有水平，像她这样想的人并不是个别人，只不过没说出来罢了。这样想也没有错，社会上这样的事还少见吗？就在前几天，在我老家开封，一位和我年纪差不多的骑电动车的老大爷跌倒在水里，众目睽睽之下被淹死了。淹死了没事，如果谁伸手拉一把弄不好就有事了。

扯远了，话再说回来吧。发生在淮南的这件事，无论怎么收尾，其负面影响都是不可挽回的。这件事对小袁来说无疑是刻骨铭心的。她对自己的家人会怎么说，对亲戚朋友同学邻居还有自己将来的儿子孙子会怎么说？

别学我，别傻！

8个县的畜牧局长为何说倒都倒了?

广东省梅州市下辖梅江、梅县、兴宁、平远、蕉岭、大埔、丰顺、五华八个县（市、区）。这8个县的畜牧局在任或原任局长被一起撂倒，而且犯的是一个罪名——“生猪标准化规模养殖场改扩建项目中央专项补贴”职务犯罪。

为了促进养猪事业，让全国人民有肉吃，中央出台扶持生猪规模化养殖政策。对符合规范化养殖，需要改扩建的养猪场给予资金扶持。其标准按照每年生猪出栏数分为15万、30万、50万、80万四个档次。这8个县的局长们按照政策标准编造申请材料，骗取上级补贴资金，然后以多种形式私分。全市查办此类案件31起31人，涉案资金7000万元，造成国家经济损失1000万元。

一条鱼死了是鱼的问题，池塘里的鱼都死了是水的问题。撂倒一个局长是局长的问题，全市8个县的局长都倒了，问题就没那么简单了。

绝对的权力导致绝对腐败，这话看来一点不假。县一级的局长只是一个科级干部，连芝麻官都算不上。但是官不在大，有权则灵。国家补贴资金逐级下拨，中央部委只管制定政策标准，省一级只是管个计划，市一级负责资料审查，县一级官最小但是权最大。县局长们先把补贴标准和要求摸准吃透，然后纸上编兵造册，报到市里省里，就材料审查材料你说能发现什么问题？如此只需要轻而易举地点点鼠标，白花花的银子就从天下掉下来了。钱到了县里，分配权和审批权就集中在畜牧局长手里了。这钱来得容易，花得也方便，一般觉悟的人很难经得住诱惑。如果不是案发，别说八个局长倒了，恐怕还会有第九个、第十个。

按理说补贴资金的管理也是有制度有程序的，须经过申请、审批、公示、验收等多个环节。但是这些东西只是印在纸上，贴在墙上，是糊弄上级蒙骗老百姓的。比如说申请人养殖户某某某，建养殖场需要投入多少，每年出栏多少，有的纯粹是子虚乌有。上级来抽查了就找一个现成的养猪场应付应付，更何况上级一般是不到现场检查的，偶尔来一下糊弄过去还不容易？

毛主席曾经说过，世界上怕就怕认真二字，共产党就最讲认真。既然是弄虚作假，就不会露不出马脚，稍微认真一点就能发现真相。蕉岭县有一个“福生养猪场”，上报申请材料说每年出栏2000头，其实一头猪也没养，竟然获得50万元的补贴资金。组织监督、舆论监督、群众监督统统失灵，岂非咄咄怪事！当地的领导是否有失察的责任，恐怕也要查一查吧！

办公请到办公室

原山西省委书记在一次干部大会上对全省各级干部提出一个要求：从今天开始，全省各级领导干部一律到办公室去办公。我对此大惑不解，办公室不就是办公的地方吗，办公不去办公室还能去哪里？“从今天开始”，那昨天、前天干部们办公时间去哪儿了，去干什么了？

翻阅了一些材料才知道，前几年山西省一些领导机关上班不太正常。有的几天不到办公室一趟；有的上午去办公室转一圈儿，下午就自由活动了；有的在高级宾馆和会所长年包有固定房间，办公室只是个摆设；有的领导干部上班时间并不在办公事，不在为人民服务，而是喝茶、洗澡、打高尔夫、搓麻将，甚至开房会情人去了。

党政机关办公楼过去叫衙门，那是法律和权力、神圣和庄严、正义和尊崇的化身。平民老百姓看到大机关大门口大柱子上的大牌子，看到身穿制服守卫着大门的门卫，多多少少是有点敬畏的。看到西装革履拎着或夹着各种各样的皮包进进出出的大小领导们，多多少少是有点羡慕的。有多少人梦寐以求成为衙门里的一员，哪怕是端端茶、倒倒水、送送文件。他们怎么能想到，有幸在这里办公的人还一有机会就溜到外边不知什么地方去了。

上班不去办公室，其实也说明了一个简单的道理：办公室不需要那么多人。在确定编制的时候，都说人不够用；在安排经费预算的时候，都说钱不够用；在分配办公用房的时候，都说面积不够用。其实这里虚头大得很。那些人上班不去办公室，办公室就空在那里，而机关还在照常运转。把这些人从机关编制里删除，空缺也不要再补，丝毫不会影响工作，不信试试看。

和上班不去办公室相生相随的是：吃饭睡觉不回家。我有一个老首长，是一个老布尔什维克。他对中央八条规定有一个解读。他说八条其实就是一条：上班去办公室，吃饭睡觉回家。我听了笑笑，这也太浮浅了。仔细想想，这老爷子道行太深了，至深则至浅。这看似浮浅的道理，又有几个能看清参透呢！

不过我想，上班时间溜号的毕竟还是少数，多数人还是死守着办公桌手握鼠标爬格子的。但正是那些“少数”，手里握有实权，可以利用实权为别人带来利益从而也给自己带来利益，所以除了办公室还有更好的地方可以去。而那些“多数们”，看着别人大鱼大肉只能闻点腥味，办公室还要你去坚守，离开办公室你还能去哪儿？

我有一位老朋友多年前作了一副对联的上联：办公室办公事公事公办，到现在还没有下联，有意者不妨一试。对上有奖哦！

两个“南大”有何妨？

最近南京大学和南昌大学因为谁有资格简称“南大”闹得一塌糊涂。南昌大学于6月底发布经江西省教育厅核准的章程，将“南大”定为简称。南京大学师生为此大怒，说南京大学章程是教育部核准的，而且是2014年就发布了，“南大”就是南京大学。你南昌大学算老几，也敢称“南大”，你配吗？南昌大学的师生也不示弱，法无禁止即自由，偏你能叫“南大”，我就不能叫“南大”？南京大学校方仿效外交部发言人的口气，向教育部和江西省教育厅表示“严重关切”。中华人民共和国教育部玩了个大幽默：你们两个南大协商解决吧，可别伤了和气。

客观地说，南昌大学是这场论战的始作俑者。不管怎么说，人家在前你在后，凡事都有个先来后到。不过话又说回来了。把地名的首字作为简称，这已是约定俗成的习惯做法。北京大学简称北大，山东大学简称山大，安徽大学简称安大，这本是顺理成章的事。南昌大学不叫南大叫什么，叫昌大？那如果宜昌大学、西昌大学也叫昌大，那还没办法叫了呢！再说大学简称有浓重的地方归属色彩。我是河南开封人，我在开封打的去河大，的哥只会把我拉到河南大学，不可能送到保定的河北大学。同样道理，你在南昌说起南大，八成以上的人会认为是南昌大学。

南京大学如此兴师动众地讨伐南昌大学，我认为是没有必要的。冷静想一下，南昌大学简称南大，你有什么损失？大约是担心南昌大学分享了你的声誉，占了你的便宜，搭了你的便车。其实简称就像人的小名，并没有法律权利和义务。教育部或财政部拨款给你，只会拨到南京大学的账户上，绝对不会拨到南昌大学。学生高考报志愿，没有谁会糊里糊涂填南大，连南京、南昌都分不清。所以有两个南大怕什么，不是还有两个河大、两个湖大、两个山大吗？

清华大学的老校长梅贻琦说过：大学者，非有大楼之谓也，有大师之谓也。现在看来，这句话也不完全准确了。大师也会造假，也能高薪聘来当招牌。而一个学校的校风校训、治学态度、科研水平、师资队伍、教学风格、学习氛围，那是多少钱都买不来的，那才真正是学校的资产。培养出多少政治家、企业家、军事家、科学家，这才是学校实力的表现。与其花费口舌争校名，不如扎扎实实把教学质量搞上去。只争虚名，不务实事，说穿了是缺乏自信，是浮躁和戾气在高等学府的表现。

我孙子小名叫大龙。如果别人生了个孩子也叫大龙，我是不会去干涉的。我把我孙子培养成才，若干年后上百度一搜大龙，第一个跳出来的就是我孙子。后边的我管他干什么？

政府官员替企业跑盖章，这行吗？

吉林省东辽县推出一项新的服务项目，政府抽调公务员在企业设立“驻厂办”，帮助企业跑盖章。新华社记者把他们的经验归纳总结了几句顺口溜：有事就找驻厂办，杂活政府帮着办，部门围着企业转……我看到这篇新闻直摇头，这玩意儿能行吗？

这大概也是东辽县的无奈之举。现在政府管得过宽，一个企业要开办，或者要上一个新项目，往往要经过许多部门审批，手续办齐，光公章要盖几十上百个。而且行政审批部门不全是为人民服务的，也有少数部门夹带着为人民币服务，把正常的审批当作权力，动不动就刁难设卡，让企业叫苦不迭。当地领导为了招商引资出政绩，当然不能坐视因为审批盖章难把企业赶跑。于是就想一个绝招，从有关部门抽人住到你厂里，专门帮你盖公章，你老板只考虑企业经营发展就行了。

我丝毫不怀疑东辽县政府的出发点是高尚的，也不怀疑这一招是有效的。我怀疑的是它的合理性、合法性和普适性。

发展和繁荣经济是各级政府的第一要务。现在虽然明里说不再唯 GDP 了，其实在诸多的评价指标中，GDP 仍然是最重要，最有说服力的指标。政府的根本职能，是提供完善的公共服务，创造有利于经济发展的社会环境，规范企业竞争秩序，让企业遵循市场规律自由发展，而不是利用公共资源为少数企业服务，包办企业的具体事务。

政府官员帮助企业跑盖章，肯定比企业自己跑要方便得多，快捷得多。至少是路熟关系广，人熟好办事。但是这也正好暴露了行政审批背后的弯弯绕。行政许可的标准是硬性的，符合就批不符合就不批，为什么有人能批、有人不批、有人批得快、有人批得慢，这不正好说明其中有猫腻吗？政府的主要精力，应该是想方设法清除这些猫腻，让来办理审批的人一视同仁。政府不能鼓励那些“门槛精”“眼力活”“会来事”“有门路”的人去加塞儿走便道帮助企业过关，那样虽然对个别企业有利，同时也助长了某些方面的不正之风。

据新华社的报道，政府驻厂办人员“与企业员工一样上下班，不拿企业的工资不吃企业的饭，无论是工作日还是节假日，企业随叫随到”。我看到这一段话犹如听说书。如果政府官员的觉悟都到了这个水平，审批难的问题还会存在吗？我倒担心，政府官员长期驻厂为企业办事能不产生感情吗？企业产品质量有点问题能不帮助打打掩护吗？政府对企业的正常监管还能到位吗？企业对驻厂人员不会投桃报李吗？我没有说一定会，我只是担心。我敢说这种担心不是多余的。

本届中央政府高度关注行政审批改革，已经公布了六批314项取消调整项目。但是地方政府阻力不小，有的地方明放暗不放，企业仍然抱怨办事难。政府要真为企业着想，应该从源头抓起，不要“头疼医头，脚疼医脚”。

如果住在别墅里这样的事就不会发生

发生在十余年前的一桩命案最近被网络重新炒热。

贵州省德江县泉口镇新塘村农民夫妻田仁信、罗梅在浙江温州瑞安打工，与工友张平合住在一间职工宿舍里。2006 年 3 月 17 日晚，田仁信深夜回宿舍，发现张平正在对其妻罗梅进行不法性侵。血脉贲张之下，田仁信挥刀砍向张平。张平遭多次砍击，全身有 20 余处刀痕，致使右颈总动脉、颈内静脉断裂，引起大出血死亡。

田仁信夫妇见状知大事不好，出于本能选择了逃亡。他们在深山老林里东躲西藏到处打游击，靠给别人打工种地混饭度日。终因生活难以为继，于八年后投案自首。法院经过三个月的审理，以故意杀人罪判处田仁信无期徒刑。因为没钱请不起律师，田仁信表示不上诉。刚刚告别漫无边际的流亡生活，又开始了漫无尽头的牢狱生活。

这起命案事隔一年被重新提起，引起舆论广泛关注。社会舆论几乎一边倒地认为量刑过重。而法律界人士则是见仁见智，各说各理。争论的焦点集中在三个方面：张平对罗梅是否构成强奸，田仁信杀人是否属于正当防卫，法院对田仁信的判决是否量刑过重。法律界的精英们则一致认为，本案对于如何保护受害人的正当防卫权，审判机关如何行使自由裁量权，具有重要的现实意义。

但是说来说去，没有一个人深入研究本案的社会原因。我想提醒专家们考虑一下本案发生的大背景和小环境。田仁信夫妇上有白发苍苍的父母，下有四个嗷嗷待哺的子女。为了养家糊口，夫妇俩背井离乡外出打工，做的是有钱人不屑一顾的脏活累活，吃的是白米饭加一点咸菜，用他们辛勤的汗水和泪水，换取微薄的薪金，而这点薪金又常常被拖欠甚至打折。为了节省几百块钱的租房费，他们宁愿放弃做人的尊严，与别人同居一室，而这一居室仅有10平方米。张平的家境未见披露，我估计与田仁信也差不了多少。但是他是只身外出，他享受不到人人都应该享受的家庭温馨。在夜深人静的时刻，在这样一个10平方米的斗室里，近在咫尺的两张床上睡着一对孤男寡女。这时的礼义廉耻、法律道德，可以想见是多么苍白无力，起支配作用的只能是正常人的原始本能。在这样的环境里，什么样的事情都有可能发生。事实上它真的发生了。

试想一下，如果在高档小区的高档别墅里，这样的事情会发生吗？应该是不会。别墅周边有围墙和护栏，围墙外边有昼夜巡逻的保安，家门口有电子眼，家里有保姆，外人是很难蹓进去对女主人性侵的。而住在别墅里的男主人也不需要去干那些性侵的低级勾当，自然有年轻美貌的女孩子投怀送抱。所以许多卑鄙、下流、荒唐、无耻的事情，发生在街头巷尾的灯火阑珊处；而更卑鄙、更下流、更荒唐、更无耻的事情，则发生在金碧辉煌的高级会所、酒店和别墅里。

我对本案的受害者和伤害者都充满了同情。他们都是我的兄弟。我可怜的兄弟。

有的小道消息你还别不信

最近微信上流传一则善意提醒，说是国家有政策，从 5 月 1 日起，银行卡年费和管理费取消了。不过银行不会自动取消收费，必须个人到银行办理申请，不申请还照收。我凭直觉就知道这不可能，肯定是谁搞的恶作剧。既然国家有政策，那还申请啥，按规定办不就行了吗？今天一看《新华每日电讯》的官方消息，才知道这条小道消息千真万确。

这条信息我不信是有理由的。银行卡本来就是不收费的，后来银行说收管理费，我根本就没申请，银行直接就扣了。这么多年总共扣了多少钱，连个招呼都没打。银行利率隔三岔五地调整，储蓄利息直线下降，钱越来越不值钱，从来没听说按新利率计息要个人申请的。对银行有利的事从来都不需要个人申请，对银行不利的事非由个人申请不可，哪有这样的道理！汽油价格也是经常调整，有时涨价有时降价，是不是每次调整都必须个人申请，不申请就按老价格，申请就按新价格，这叫什么事儿嘛！

退一万步说，就算是必须个人申请，银行也得言一声啊！现在通信手段这么发达，短信群发就可以了嘛！据说从去年 8

月 1 号这个新规定就开始执行了，从来没人通知我，快到一年了才通过微信在网上传开，我还硬是不相信。这是银行不作为呢，还是故意封锁消息，不想让老百姓知道呢？我看恐怕是后者的可能性大一些。反正老百姓知道的人越少越好，知道得越晚越好，多收一天是一天。要不是网上揭破了这层纸，还不知要瞒多久呢！

我是一个受党教育多年的老同志，一贯是听党话跟党走，新华社我信，中央电视台我信，人民日报我信。网上的东西，我得问个为什么。按照我的思维惯性，说银行故意坑害老百姓，那怎么可能呢，这不是给党和政府脸上抹黑吗？因此我不信。现在看来是我傻。有些小道消息，传着传着还就成真了。

自行车戴花干什么？

这幅照片是从2014年2月26日《中国纪检监察报》下载的。看到这照片我就纳闷，这几位推着崭新的自行车，车前边还戴着大红花，这是干什么去啊？娶媳妇或者嫁闺女？不像。这是年轻人干的活，轮不到大伯大妈们。再不然是英雄模范人物得奖了？从背景看也不像。看了配图文字说明才知道，原来是山东省郯城县胜利镇为下辖的31个村配发了31辆“公务自行车”，村干部们高高兴兴地来领坐骑。

为村干部配自行车是好事，只是这大红花干什么用？这要是骑车戴花走在乡间的小路上，乡亲们不骂你神经病才怪呢。想一想明白了，这花恐怕是照相用的。大概就在刚才，在镇政府大院里，刚刚举行过授车仪式。镇领导要讲一讲配车的重要意义，向村干部们提提要求。村干部代表要表个态，感谢镇党委政府的关怀，决不辜负领导期望。群众代表也要说一说，镇里为我们老百姓办了一件实事，我们坚决拥护。会场上31辆崭新的自行车佩戴大红花，天空出彩霞，这照相机拍下来，登到报纸上，再配上文字说明，真能抢眼球吔！

乡镇政府是与老百姓距离最近的一级政府，老百姓最不喜欢玩虚的。要叫老百姓说，不就是一个村配一辆自行车吗，最省事的办法是各村凭提货单自己到商店领取，或者给个标准自己去买凭发票到镇政府报销。现在兴师动众把大家叫到镇上，会务费、误工费加起来，再买 31 辆自行车差不多也够了。这一反一正，行政成本翻了一番，这个账怎么就算不过来呢？

其实也不是算术没学好，是算账的方法不一样。你悄悄地把车配下去了，谁知道？尤其是上级领导怎么知道？这幅照片上了报，特别是上了《中国纪检监察报》，全国都知道了。和当前正在进行的群众路线实践教育活动一联系一挂钩，那就是教育见成效，思想上水平，群众得实惠。到年终目标责任考核时，这就算创新动作，是要加分的。它所产生的宣传效应、示范效应、轰动效应，几十辆自行车能比吗？

不过我敢断言，一出政府大院，这 31 朵大红花就被扯下扔到路边，耀眼夺目的工艺品刹那间就变成了一堆高档垃圾。

这和讲不讲政治有什么关系?

春节放假是从初一到初七，大年三十照常上班。与此相应，交通运输部发出通知，全国收费公路从初一到初七，小型客车免费通行。也就是说，大年三十照收不误。黑龙江公路管理部门早前放出口风，不管全国怎么定，本省拟从大年三十起不收费，多免一天。消息一出，掌声一片。网友纷纷点赞，称赞黑龙江公路表现出“业界良心”。岂知黑龙江公路部门的态度遭到全国同行的讨伐，东部某省更是高调指责黑省“不讲政治”。几天沉默过后，黑省终于承受不住压力，放弃了“业界良心”，回到了“保持一致”的轨道上。

其实对于开车回家过年的人来说，免不免费都没什么了不起，他买得起车还在乎这几百块钱的过路费吗？问题在于缴费势必引起堵车，路堵引起心堵，大过年的让人心里不爽。因为年三十还要上班，下班后匆匆忙忙往家赶，正可以说是归心似箭。眼看过了收费站就快到家了，家里老小倚门而望，菜也上好了，酒也倒好了，电话一遍一遍地催。但是收费站排成长龙，有时一两个小时都出不去，你想想心里那是啥滋味？我亲身经历过那种场面，成千上万的大车小车拧在一起，半天挪不了几步，小孩儿喊，大人骂，恨不得放一把火把收费站烧了。

多免一天收费难道就违法了吗？非也。国家规定重大节日公路免费通行，出发点是提高通行效率，方便群众出行，降低出行成本。国务院办公厅明确通知初一到初七免费，如果不免费就是违法。但是没说大年三十不准免费，省级政府完全有自主权。有的公路超期收费，超标准收费，巧立名目收费，那才是真的违法呢，怎么不批评他不讲政治啊？

东部某省指责黑龙江不讲政治，没有明说为什么，大概有以下两层意思。一是国务院已经有了统一安排，你照着做就行了，你多免一天，风头你出了，国务院（其实是交通部）脸上不好看。二是各省都在上行下效，你一家独领风骚，人家就会指责我们，黑省能免你为啥不能免，这不是把压力转加给别人了吗？其实说白了，多收一天少收一天，和讲不讲政治没有多大关系，和部门利益有关系。大年三十的车流量数倍于平时，大把大把的票子流水般涌进收费箱，正是创收的大好时机。你说谁怕钱咬手啊，到手的真金白银，还能让它溜走不成？别看摊到每一辆车上几百块几十块，那一天下来可是数钱数到手抽筋呢！

最后再说一句，黑龙江省公路部门收获最大。高姿态也做出来了，钱也没少收。没办法，压力太大，我并不想收，不收不行啊。你看，里子面子都有了。

人民代表人民币选

“人民代表人民选，人民代表为人民”。每逢两会换届，这幅标语横幅随处可见。别把这两句话当成顺口溜，它包含了深刻的道理。只有人民选举出来的代表，才能代表人民，为人民说话，为人民服务。我对人民代表充满敬意。每当在电视里看到人民代表参政议政，侃侃而谈，我就从心里佩服。这是我们选出来的代表，他们代表人民，也代表我们，代表我。可是最近媒体曝光的一则新闻，让我对人民代表的敬意大打折扣。

据报道，湖南省衡阳市曝出特大贿选丑闻。此市十四届人大第一次会议差额选举省人大代表，出席会议的527名市人大代表，有518名收受了钱物贿赂；选出省人大代表76人，其中56名存在送钱拉票行为。涉案金额达1个多亿，平均每人为了当选省人大代表要花200万。我的天，人大代表太有财了！

衡阳是个大市，财政收入刚过百亿，还是个欠发达地区，不像珠三角、长三角那么富有。人大代表除少数民营企业老板外，大多数还是靠工资养家糊口。200万，那可不是个小数啊！用来买房，可以买两栋别墅；用来买车，可以建一支车队。一个人不吃不喝把工资都存起来，怎么着也得30来年才能凑够200万，他怎么舍得来个天女散花，像散财童子一样给大家分分？

凡是存在的都是合理的。他敢于大把花钱拉票贿选，这个账恐怕是算过了。他家里的钱财绝对不止这个数，少说应该有个千把万，他才舍得拿出五分之一去博天下。当然，有的人可能不需要自己出钱，有人替他出，不过这笔债迟早是要还的。这一大笔款投进去，回报率应该是很可观的。五年任期内不捞回来千二八百万，这项投资就是失败的。不过这样一分析，他还是人民代表吗？不是，只能是人民币代表。他还能替人民说话吗？不能，只能替人民币说话。还能为人民服务吗？不能，只能为人民币服务。因为他不是人民选出来的，而是人民币选出来的！

这次贿选丑闻曝光后，56名当选的省人大代表被宣布无效，一个多亿白花了；512名市人大代表集体辞职，吃下去的还要吐出来。这才叫鸡飞蛋打呢！不过这事不能就这样算了。他们的行贿罪、受贿罪不应该追究吗？他们行贿的巨款来自何方不应该说清楚吗？省市有关领导、有关部门没有责任吗？

我是一个比较正统、比较保守的老共产党员。我相信党。党经常教育我们，总的形势是好的，干部队伍绝大多数是好的，问题只是个别的。虽然衡阳发生了大面积贿选，绝大多数代表卷进去了，只有个别的洁身自好，但是放在全国这个大盘子里还是个别的。但愿衡阳是个特例，但愿。

县委大院不是越破越好

湖南卫视最近推出的《县委大院》系列节目引起舆论好评。这套节目反映的是湖南省蓝山、石门、茶陵、岳阳等十几个县的县委县政府几十年如一日，在老房子办公，不盖豪华办公楼。这些房子都是二十世纪五六十年代盖的，房屋破旧，条件简陋，十几个人一间办公室，几百人用一个公共厕所。媒体多次曝光有些市县超标准建豪华办公楼，这十几个县与他们形成鲜明对照。在新的历史时期发扬艰苦奋斗的优良传统，他们具有标本效应。

不过从另一个角度来看，县委办公楼固然不是越豪华越好，也不是越破越好。最好是和社会发展同步。从某种意义上讲，县委大院也是一种标志，一种象征。它标志和象征着一个县物质文明和精神文明的发展水平。从二十世纪五十年代到现在，一个甲子过去了。这六十年，社会发展可以说是翻天覆地。一般老百姓，也经历了由土墙到砖墙，由草房到瓦房，由平房到楼房的转变。县委大院还停留在新中国初期的水平，难免会给人一种怪怪的感觉。

由于历史原因，一般来说，县委都在县城最中心、最繁华的地方，都是风水宝地。房子和土地，都是国有资源，甚至是稀缺资源。这块资源也应该盘活，应该升值。六十年前的房子，质量也好不到哪里去，也到了报废年龄了，这期间估计也少不了多次翻修。就算十年翻修一次，加起来的费用也不在小数。把翻修的钱用来盖新办公楼，估计也差不了多少。县委把这块风水宝地让出来，置换出去，既改善了办公条件，又提高了城市品位，未尝不是一种贡献。有人说县委大院开发了，可能会推升房价，老百姓不满意。这话就很牵强了。整个社会都在发展，县委大院一个钉子户就能把房价压下来，不大可能吧？

在破旧的办公楼办公固然值得敬佩，也未必值得推崇。办公楼破旧，未必代表廉洁，也不一定就能和艰苦奋斗画等号。一年前媒体也曾报道某个县在草房子办公，但没过多久又报道这个县的书记下乡检查工作车水马龙，前呼后拥。在我看来基层的接待费用还不如节省下来盖办公楼。陋室未必出清官，穷庙富方丈的现象并不少见。

据说湖南电视台在采访这十个县时也遇到了阻力。有的县死活不愿意上电视。本来他们也准备置换搬迁，这样一宣传，成了典型，反而不好办了，只好在老房子里继续待下去了。

莫言原来不读书

莫言在浙江大学演讲时，有学生请他推荐新书。莫言一脸愧疚，很不好意思地对这位学生，也是对两千多名听众说："2013 年我一本书都没读过。"听到这个消息我不禁大吃一惊，不光是大文盲不读书，原来大文豪也不读书。作家不读书谁还读书，作家不读书还怎么写书，不读书的作家写出来的书还有什么读头？

不过我还是很佩服莫言的直率。这样的话他也敢说，没读就是没读，不像有的人打肿脸充胖子。其实莫言自从得了诺贝尔文学奖，他就不是作家了，而变成了一个社会活动家。高级顾问、名誉会长、兼职教授等头衔几十个，聘书、邀请函如雪片一般。重大仪式他要去剪彩，重要接待场合他要去捧场，领导宴会他要去陪客。一天到晚光这些社会活动就应接不暇，他还哪能静下心来回到书桌上去看书？

莫言在文学创作上取得的辉煌成就，得益于他的勤奋读书。他没上几年学，但自学很刻苦。他人生有两个阶段是读书高峰。一是初中辍学回家劳动，博览中外名著，打下了文学根底。二是在部队当图书管理员，读了关于政治、经济、哲学、社会学等经典著作，又打下了深厚的理论根底。他获得诺贝尔文学奖后，曾信誓旦旦地表示要安心读书，勤奋写作，向读者奉献更多更好的作品。他也曾表示不愿意受干扰，对社会活动不感兴趣。可惜他没有经受住名誉、地位、鲜花、掌声的诱惑，还是从书桌走上了主席台，从文人变成了俗人。官场活动有极强的吸引力，它能让你从不接受到适应，从适应到依赖，莫言正在从适应走向依赖的途中。

鲁迅先生把别人喝咖啡的时间都用在了读书写作上，他虽然没有得诺贝尔奖，但他的文学地位是十个莫言也无法比肩的。杨振宁先生，副国级领导请他吃饭，他说没有时间，孜孜不倦埋头做学问，年逾八旬还不断有新的科研成果推出，成为科学界的“不老松”。奉劝莫言老师，与他们相比，你还年轻，读者对你的期望很多很高，别让他们失望，失望紧接着就是遗忘。一年不读书，仍然是个作家，十年八年不读书，还能算是作家吗？这样下去，总有一天要“莫郎才尽”，到那时后悔可就来不及了。

解读刘温丽同志的自我批评

刘温丽同志是河南省永城市陈官庄的一个农村妇女。贷款买了一辆货车跑运输。因为连续受到公路路政、运政部门的罚款，七个小时相持不下，终于精神崩溃，喝下剧毒农药自杀。所幸抢救及时，她到鬼门关转了一圈，又回来了。

据媒体公开透露的信息，刘温丽出此下策实属无奈。她买的是前面四个轮、后面八个轮的半挂货车。车价30多万，贷款集资首付20多万，每月要还贷2万多。雇了一个司机，每月工资5000块，每天伙食补助90块，一个月支出加起来3万多。从永城拉一趟货到徐州，成本2097块。按照《道路交通安全法》的规定，她的车限装47吨，跑一趟可得2068块，净赔29块。按照《公路法》的规定，可以装55吨，跑一趟能赚323块。据说刘温丽本是良家妇女，守法良民，上路前也曾努力学习明规则和潜规则，该花的钱也都花了。经人指点超载罚款的年票、月票她都买了，结果还是被罚款。她一时想不开，不想活了，为了几个罚款差点把小命搭上。叫她这一弄，媒体一炒，有关部门的有关人员倒霉了。撤职的撤职，查办的查办，总共有十来个人栽到她手里。刘温丽本来默默无闻，认识她的人不会超过500个，不料想一夜之间成为名人，全世界都知道了。

刘温丽大难不死，重回人间，经过认真反思，她倒大彻大悟了。面对记者的提问，她一句抱怨、指责、批评的话都没有，反倒做起了自我批评。她首先是勇敢地承担了全部责任：我当初也不知哪根筋不对了，自己做错了事情。错在哪里呢？两个方面，一是弄这个货车干啥，在家待着多好；二是不该去喝农药，弄得自己身体也不好了，还让全家人担心。那么原因在哪里呢？在自己，都因为自己的倔脾气。据说她脾气确实不好，修养不够，爱生气。为了一点鸡毛蒜皮的小事和丈夫吵架，把碗都摔了。用官场的话说，这叫有急躁情绪，有时说话不太注意。更加难能可贵的是，她深刻认识到了问题的严重性和造成的后果：事情发生了，把那些部门的人都处罚了，撤职了，得罪了不少人。自己的货车以后还要在这条路上跑，还有那么多贷款要还。

我听过不少官员的自我批评，也看过不少自我剖析对照检查的材料，大多是浮光掠影，避重就轻。像刘温丽同志这样朴实、诚恳、深刻的还真不多见。当然，她的自我批评也有不足，就是整改措施和今后努力方向还不够明确具体。不过话又说回来了，设身处地为她想想，就她这个处境，她又能怎么样呢？她要挣钱还贷，养家糊口，估计她还会大错误不犯小错误不断。倒是我们的政府和监管部门要很好地反思，牢记毛主席那句老话，关心群众生活，注意工作方法，让刘温丽的悲喜剧别再重演。

你知我知，不如路人皆知

安徽省食品药品监督管理局推出新政，将食品药品生产企业监督检查中发现的问题向全社会公开。

有的业外人士可能会认为，这有什么，不就是把老百姓的知情权还给老百姓么？这位仁兄你有所不知，走出这一步可真是不容易。

民以食为天。食品药品关乎公众身体健康。除了食品药品你还能吃什么？食品药品监管部门是防止病从口入的守护神，对食品药品生产企业负有监管责任，也握有生杀予夺之权。监管部门对企业的检查如家常便饭，但解决问题的效果却不尽如人意。每次检查也都有记录，大小问题甲乙丙丁一大串，但下次再去检查，往往是“外甥打灯笼，照舅”！甚至小问题积成大问题，新问题积成老问题。直到出了安全事故，企业关门，官员问责，问题才一了百了。

这是为什么呢？问题就出在信息不透明。检查中发现的问题只有监管部门和被检企业知道，而公众却被蒙在鼓里。本来是大家的事，却变成了你我之间的事。老百姓本来有权参与处理，却往往变成了监管者和被监管者袖子里捏指头。而最后处理的结果，往往是罚几个钱了事。一个企业罚个万二八千，不疼不痒，能解决什么问题？至于责令改正，大多成为一个幌子。

几年前我受公派到美国药品生产企业考察，发现美国FDA早就是这么做的。违规企业不怕罚款，就怕检查结果上互联网。因为这个检查结果与企业信用等级挂钩。银行发放贷款、医院推荐药品、患者采购药品，都先看信用记录。信用有了污点，直接影响企业形象、产品销售、融资成本。你说企业岂有不怕之理？企业要违规，先要算算成本，看看划来划不来，这比任何行政处罚都有效。

我回国后与同行们说起出访感受，就有人推心置腹地对我说，国情不同啊！哪个企业没有问题呢，动不动就放到网上，企业的日子还过不过了，监管部门的日子还过不过了？这话说得透彻。检查结果公开，既增加了企业压力，又缩小了监管部门的自主裁量权。强行推广，只能是猪八戒照镜子，里外不是人。

但是这个难题被安徽省食品药品监督管理局强行突破了。曝光台开放已经几个月了，据说效果不错，起初的担心正在逐步化解。任何一项举措都会有不同声音。被公开曝光的企业自然心中不快，但依法经营的企业却大声叫好。监管部门暗箱操作的余地小了，但依法行政的社会环境大大改善了。

你知我知，不如路人皆知。信息公开，还知情权于民，逐步形成新常态，食品药品放心吃前景可期。

不要动不动就“严打”

翻开一份都市晚报，第一版大字标题赫然在目：我市将严打行人过马路闯红灯！我一看这标题就有点烦！不谦虚地说，我是一个走路守规矩的人，我基本上不闯红灯，我对闯红灯的行为也很不赞成。但那只是个教育问题，怎么能打呢？打这个字用得就不准确了，严打就更不妥了。

某些领域在某一时段问题比较突出，采取集中兵力打歼灭战的方法，重拳出击，从严从重，企图毕其功于一役，已经成为行政管理的一种模式。其出发点不能说不高尚，但其合法性和有效性却很值得商榷。各行各业都有突出问题，都有打击的理由和重点。公安部门要严打卖淫嫖娼，环保部门要严打乱排乱放，工商部门要严打虚假广告，食品药品监管部门要严打制假售假。一个部门提出一个严打，老百姓就听到打声一片，这还像是法制社会么？

我国现有国家级的法律法规 1109 部，部门和地方的行政规章更是不计其数，无法可依的问题已经解决。社会上出现的各种问题，都可以在法律框架内解决。而运动式的严打和专项整治，往往会突破法律框架。一搞严打，总是要求各级党委政府要高度重视，层层成立领导小组，制订严打计划，充实监管力量，落实专项经费。而法律在强大的行政力量面前往往黯然失色。既然是严打，就少不了从严从重。我们已经习惯于用数字说话，总是把办了多少案，罚了多少款，处理了多少人，作为绩效评估的标准。这样一来，法律的尺度难免出现向左倾斜。一般问题也会上升为严重问题，用老百姓的话说是赶上风头了。

严打和专项整治不是不能解决问题，但是肯定不能从根本上解决问题。严打搞多了，就成了形式，往往是雷声大，雨点小。有些地方还弄虚作假，热衷于表面的轰轰烈烈，治标不治本。打一阵，歇一阵，打时严，平时松。在风头上，不法行为确实有所收敛，但风头一过，往往故态复萌，出现反弹，甚至有过之无不及。依我之见，每次严打，几乎都没有达到预期目的。比如高速公路治超，已经严打整治了 14 年，每年都说取得了阶段性成果。但是超载超限的问题解决没有，是好转了，还是越来越严重了，明眼人一看就知。

社会治理是一项综合性、长期性的工程，需要在法律的轨道上，扎扎实实做好基础性、长远性工作。频频开展严打和专项整治，是社会不成熟的表现。不要寄希望于一抓就灵，一劳永逸。尤其是对行人过马路闯红灯这样的事，要慎提严打。要让运动式思维回归理性，回归法制，回归常态。

取消食盐专营是福是祸还很难说

最近媒体集中报道了多起跨区购买食用盐受到罚款的事件。其中两起最具轰动效应。一起发生在江苏徐州，大排档老板老陈用了在连云港买的2斤盐，被当地盐业管理部门罚款5000元。另一起发生在河南，原在郑州开餐馆的老黄把餐馆迁到了新郑，还有半箱在郑州买的盐没用完，到新郑继续用，结果被罚款200元。两起罚款的名目都是跨区域买盐，都有法律依据。这两件事一经炒作，便引起指责一片，矛头直指食盐专营制度。说是食盐专营的实质是垄断，与市场经济规律不符。

唾沫星子能淹死人。呼声一高，政府自然不敢怠慢。工信部立马宣布，取消食盐专营，实现自主经营，允许跨区流通，放开食盐价格。奇怪的是，这一举措并没有赢来喝彩，反倒招致一声声叹息。

冷静想一想，任何一项制度的存在，都是有来由的。食盐专营制度在我国实行了2000多年，这恐怕不是哪个人脑袋一拍就能决定的。食盐是战略物资，又是生活必需品，安全用盐关系国计民生。我国食盐包括海盐、湖盐、矿盐三大类，原料源头比较集中，便于实施集中管理。新中国成立以来一直实施食盐专营，小商小贩、小作坊插不进来，有效保证了公众用盐安全。在食品这个大范围里，食盐的质量一直是稳定的，老百姓用盐是比较放心的。这不能不归功于食盐专营。而且由于食盐全国统一定价，有效抑制了盐价上涨，还没有听说多少人抱怨吃不起盐的。至于本文开头提到的两个案件，只是执法过程中的两个反面典型，在体制内不是解决不了的。其实乱罚款的现象并不少见，不能哪个部门出点事就把那个部门撤了，把体制废了，不能倒洗澡水把小孩也倒掉了。

任何一项政策，有一利必有一弊，有人拥护就有人反对。就拿江苏、河南这两个案例来说，开餐馆的老陈、老黄强烈反对食盐专营，但是来就餐的食客恐怕就没有谁关心你用的盐是在哪儿买的，只要吃了不中毒拉肚子就行。谁如果有兴趣可以到菜市场做个随机调查，看来买菜的大爷大妈们有几个主张食盐放开经营的。我在超市买菜随便问了几个人，支持的不多，担忧和反对的倒是不少。

老百姓担心的是今后还能不能吃到放心盐。看看市场上频频出现的假鸡蛋、假羊肉、毒大米、地沟油，就知道这种担心并不是杞人忧天。食盐放开给投资者、投机者带来了商机，质量问题也会接踵而至。尤其是乱开采、乱加工、乱添加的问题恐难制止，各种名目的复合盐、“营养盐”、“药物盐”、“老人小孩专用盐”恐怕就会应运而生。市场准入这个门槛一旦打开，经营者必然良莠不齐，各种竞争手段定会异彩纷呈。产品包装会越来越漂亮，而盐的质量就很难保证。劣质盐冒充优质盐，甚至工业盐冒充食用盐，并不需要多高的技术含量。到那时候，老百姓去超市买盐，恐怕就没有现在这样省心了。

这种担心可能有点悲观。假如法律法规很健全，监管手段很到位，经营者觉悟都很高，老百姓辨别能力都很强，食盐安全就是可以保证的。谁知道呢，但愿如此吧！

这个局长有点愣

我说的这个局长姓于名春，是长春市环保局局长。说他愣是因为他竟然和吉林省委党校打起了官司，而且居然打赢了。

源起下半年，市环保局向省委党校下达两次缴纳排污费通知书，省委党校应缴纳排污费十一万八千元。党校对此不理不睬，环保局没辙，一怒之下告上法庭。当地的朝阳区法院也有点愣，裁决省委党校败诉，准予长春市环保局强制执行。这桩官司虽然不大，但是在当代中国推动法制建设的进程中却具有标本性作用。于春局长也因此成为社会名人。

市环保局向省委党校征缴排污费，不但下达了行政执法文书，而且公然撕破脸皮对簿公堂，这就有点愣头愣脑的味道。省委党校名列省委序列，是培养造就高官的摇篮，省市县三级的领导干部，有几个不是他的学生？缴款纳税这样的事，对党校来说根本就摆不上台面。他不是缴不起这十来万块钱，他是丢不起这个脸面和尊严。

环保局是一个行政执法部门，可以说是大权在握。可是这个权力要看对谁，有时灵有时不灵。这几年环保部门饱受社会诟病，说它执法监管不到位。其实啊，不当家不知柴米贵，不执法不知执法难。别看执法者头顶国徽，肩扛天平，耀武扬威，其实他心里也发虚。一张处罚决定下达了，只是万里长征才走完了第一步，真正执行到位的并不多。处罚对象有的硬顶，有的软磨，遇到公权和人情，法律柔性的一面往往表现得淋漓尽致。要是遇到了吉林省委党校这样的主儿，基本上就是绕着走了。

长春市环保局是个例外，它选择了通过法律渠道解决法律问题；朝阳区法院是另一个例外，他选择了法律面前校局平等。两个例外，竟然校正了法律天平的准星。这场官司，原告是副市级，被告是副省级，法院是副县级。结果是副县级判定副省级执行副市级的行政决定。这个案例看起来不可思议，其实恰恰说明依法治国依法行政就应该是这个样子。写到这里我想起有一出古装豫剧叫《唐知县审诰命》。如果以此案为素材创作一出新戏，没准儿还真叫座。

只是剧情还在继续发展。于春局长的可爱之处就在于他的愣，现在这样的愣角实在是太少了。他今后的仕途和人生会有什么变化，还要看下回分解呢！

买得起还要戴得起

江西省吉安市委王姓女书记一夜蹿红。有人研究了她在不同场合的穿戴。据好事者统计，她至少有 11 款不同式样的手表，18 款不同形状的手链或手镯，22 款不同样式的胸针或胸花。至于衣服，说是几乎没有重过样。有人挑选了她的几十张照片发到网上，引起网友强烈质疑，她到底是书记还是富婆？这书记倒是不含糊，高调回应质疑：这些东西我买得起，经得起查。

王书记作为一个工作了几十年的正厅级干部，这些东西她应该买得起。从照片上看，她的风度和气质，配这些穿戴也绰绰有余。但问题是，她买得起未必戴得起。

爱美之心人皆有之。王书记作为一个女人，又到了这般年纪，修饰修饰、打扮打扮，注意点形象，本来无可厚非。为什么说她买得起戴不起呢？就因为她是市委书记。市委书记可是一个万人瞩目的角色。她的一举一动、一笑一颦都有可能成为新闻，更何况公众对女人的穿戴本来就很敏感。市委书记在公众的眼里首先是个大官，而大官的形象应该是能力加权力，沉稳加威严。你如果穿金戴银，花枝招展，就与公众的期待不符。工作之余你怎样打扮都行，升堂理事还是如此这般就有点不太合适。

王书记不仅是个书记，还是个革命老区、贫困地区的书记。如果是在上海或广东，这点穿戴可能就算不了什么，没有多少人注意你。吉安是个贫困落后地区，说好听点儿是个欠发达地区。市委书记的穿戴要与当地社会经济发展水平相适应，与群众接受能力相适应。写到这里我不由想起焦裕禄。他到北京、到郑州开会，人家都吃会议包伙，他就把从兰考带的窝窝头用开水泡着吃。正因为如此，老百姓才不把他当外人。王书记的衣着穿戴如此光鲜，在吉安恐怕确实有点刺激眼球。就凭这些穿戴，和老百姓就很难打成一片，就不太容易接地气。如果到了乡下，农民兄弟敢不敢把沾满泥巴的黑手伸给你？一只又黑又粗的大碗端给你，你能不能把碗里的饭吃下去？

事情弄到这个地步，我很有点为王书记担忧。就凭她高调回应舆论质疑的方式，可以看出她是一个有性格、敢担当的人。敢说出这样的话，也是要有点底气的。说实话我不希望再出一个杨达才第二。我宁愿相信书记的衣服和佩戴都是用自己的合法收入买的。即便如此也不要太张扬，请听我一句忠告：那些金银饰品暂时收起来吧，还是低调一点好。

院长阅兵犯大忌

安徽某大学入校新生举行军训，院长乘敞篷奥迪阅兵，惹出了大麻烦。千不该万不该，把阅兵照片发到网上，招惹来一片嘲笑和谩骂。有人指责他讲阔气、搞排场、太奢华；有人要求查查阅兵车是从哪里来的；有人指出阅兵应该步行，不该乘汽车。记者直接采访了当事人某院长，院长说乘车是为了节约时间，并说过去每年都是这样做的，只不过去年是吉普车，今年是奥迪车。省教委有个处长也出来冒泡，说乘车阅兵不违规，但也不提倡。

常言说外行看热闹，内行看门道。我看了网上的报道和评论，差点笑掉大牙。这件事的实质不在该不该乘车，乘什么车，而是院长根本就不应该去阅兵。

阅兵是一件非常严肃庄重的事情，《中国人民解放军队列条令》对阅兵有专门规定。只有党和国家领导人、中央军委主席、副主席、委员及团以上主要首长或者被上述人员授权的其他领导和首长，才有资格阅兵。条文上是这样规定的，而实际上，中央领导只要在军队没有职务的，都没有阅过兵。一个团长，官儿不大，但他是一团之长，他可以阅兵。但是副军长、副师长、副司令、省长、市长，官都比团长大，你要阅兵就违规。这一规定体现了党对军队的绝对领导，体现了军队指挥的高度集中统一，体现了军队各级主官的责任和权威。所以说，院长阅兵，不是犯了小错，而是犯了大忌。

国家对军事历来高度重视。《孙子兵法》有云：兵者，国之大事也。《左传》有云：国之大事，在祀与戎。孔子曰：天下有道，礼乐征伐自天子出。可见军事行动是最高统治者统一指挥的行动，任何人不能乱指挥、乱插手。我军的军事部署和兵力调动，权力集中在中央军委，在军队没有职务，无论多大的官儿，都不能调动一兵一卒。地方领导可以去看望部队，不能去指挥部队，更不能去阅兵。这是规矩，是大规矩。你仔细想一想，新中国成立以来哪个书记、省长去阅过兵？

我看网上评论，有的指斥阅兵院长图谋不轨，这就未免太言重了。问题明摆着，是院长不懂这规矩，不是故意要去踩红线。他只是按照别人预定计划走程序，他哪知道会带来如此严重的后果。他不懂情有可原，但军事教官，当地军事指挥机关却是难辞其咎。他不懂，你也不懂吗？连这起码的规矩都不懂吗？

其实这事也简单。你院长去检阅你的学生就是了，干吗要打着阅兵的旗号呢！

训练造假、食物造假都是要命的事

最近几天两大新闻强烈吸引着公众的眼球，都是有关造假的。一个是食物造假，一个是训练造假。食物造假的是美国企业上海福喜公司，采用更改标签、篡改生产日期等手段，以次充好，以劣充优，把过期变质的肉和肉制品改头换面充作合格产品流向市场，坑害消费者。训练造假的是某集团军，在训练考核中降低标准，顶训替考，弄虚作假，蒙骗上级，319 人受到追责处分。两则新闻都见之于主流媒体，一则是反映政府部门加强监管的成果，一则是反映部队端正思想作风的成果。报道是正面的，但是社会反响却是负面的。

对这两件事，公众更关心的是上海福喜造假。俗话说民以食为天，食品安全关系到千家万户，是人命关天的大事，理所当然引起每一个人的关注。老汉我曾经当兵几十年，深知训练造假的弯弯绕，对其危害性有着更深一层的认识。媒体透露的训练造假的事实，让我看只是一些皮毛，实际情况要严重得多、复杂得多。就说这军事演习，真枪实弹，炮声隆隆，硝烟弥漫，外行人看上去很热闹。其实这里边的水分多得很。演习事先有预案，而且经过多次彩排，到时候按着剧本走就行了，就和演电影差不多。演习场上分红蓝双方，红方代表我军，蓝方代表敌人。但是蓝军是红军扮演的，归红军指挥，所以每次演习都是敌败我胜，圆满成功。

我军已经有 30 多年没打仗了。和平时期主要通过军事训练提高战斗力。当过兵的人都知道几句口号：仗怎么打，兵就怎么练；平时多流汗，战时少流血；严格训练，严格要求；要练为战，不要练为看。但是落实到实际行动上，多多少少都会打折扣，死心眼儿的团长、连长毕竟是少数。只要演得像，能把上级糊弄住，既出彩又出官，何乐而不为呢！

食物造假，弄不好要出人命。福喜公司是赚中国人的钱，害中国人的命。训练造假，到了战场上肯定要出人命。那是花自己的钱，送自己的命。训练造假的危害比食物造假有过之而无不及。

都是简化字惹的祸

1956年和1964年，国务院两次公布汉字简化方案，对2236个汉字进行简化。汉字简化后，好认好学，好写好记，确实方便了不少。但是也有人持不同意见。文字学家李守力认为，汉字过于简化，易失原义，而且弄不好还会违背自然规律，引起人心和社会的变化，甚至遭到报应。我听说李老师是研究《易经》的，有点神神鬼鬼，对他的说法就不以为然。但是这几天我在河南农村老家探亲，所见所闻竟然与李老师所言不期而合。心中暗自长叹，这李老师嘴上有火，说着了。

“雲”无雨。古时候“云”字本来就没有“雨”字头，因为老是天旱，为了祈雨，就加上个“雨”字头。1956年第一批简化汉字，把这个“雨”字头又简掉了。谁知这一简不得了，全国降雨量大幅减少，致使河流干涸，生产生活用水困难。我们村本来是种旱粮的，二十世纪五十年代初开始引黄灌溉，秋季改种水稻，粮食产量增加不少。这次回来却发现水田全部改成了旱田。因为老天老不下雨，黄河流量减少，水位降低，黄河水引不出来。于是水稻就种不成了，我们家50多年种水稻的历史就此终结。

“鄉”无“郎”。繁体字“鄉”字有个“郎”字，无郎不成乡。我小的时候，我们村十六七岁的半拉橛子三五成群，村里生气勃勃。现在进村一看，老的老小的小，暮气沉沉，生气不足。年轻人去哪儿了？进城打工，当农民工了。农民工干的是最苦、最脏、最累的活，却享受不到城市物质文明和精神文明的发展成果，现代城市的福利待遇与他们无缘。于是，城乡矛盾突出，社会问题增多，不稳定因素增长。同时，农村空巢老人缺少赡养，少年儿童缺少教育，社会治安问题多多。

“親”不“见”。“親”字本来是左右结构，简化时保留了左半边，去掉了右半边，“见”字不见了。“亲”字的本意是父母亲，不是现在的网络语言，逮谁叫谁亲。我国传统道德讲究孝道，百善孝为先。你要尽孝，首先要让父母看到你，所以过去子女对父母要晨昏定省，早请示晚汇报。现在好了，“親”不见，父母亲与孩子难得一见。年轻人进城打工挣钱，每年春节才回来一趟。久而久之，亲情淡漠，有的几年都不回家，父子相见成了问题。于是就有了歌曲《常回家看看》，“经常回家”还写进了法律法规，多长时间必须回家探望父母，不然就违法。

“愛”无“心”。“愛”字的核心部分是“心”，即用心去爱。现在把心抽去了，爱就变味了。我小的的时候，家里很穷，吃草根，住土房，食不果腹，衣不蔽体。但是那时候人心向善，邻里和睦，民风淳朴，乡情融融。现在虽然是电灯电话，楼上楼下，出有车，食有鱼，但是再也找不回儿时的那种感觉。现在端着饭碗串门的少了，大树底下乘凉聊天的少了；邻里纠纷多了，口角是非多了。过去骑自行车看到熟人老远就下车递烟寒暄，现在坐在车上看到张大爷、李大妈按按喇叭就过去了。看来要返璞归真，首先要找回那颗迷失的心。

“麵”无“麦”。“麵”和“面”本来是两个字，“麵”是麵粉之麵，“面”是脸面之面。后来“麵”字去掉“麦”，“麵”和“面”合二为一。麦是面粉之本，没有麦哪有面？自从这个字简化以后，麦子就越来越少了。我离开家乡40多年，小麦种植面积减少三分之二。过去的麦田，现在建起了工厂，修起了高速公路，盖起了洋房别墅，种上了花花草草。农民本来是种粮食的，现在变成了买粮食的。一些国外的政治家惊呼，一旦中国发生粮荒，全世界都养不起13亿中国人。我国领导人对此也高度重视，习总书记说得好，中国人的饭碗还得端在自己手里才踏实。在工业化城市化高速发展的今天，我们要保护好自己的麦田，确保全国人民填饱肚子。

我过去不大相信天人感应之说，也不相信汉字简化有如此威力，能够引起社会发生如此巨大的变化。我以上列举的几个例子，只能算是巧合。但巧合多了就成了规律。这也说明中国的文字变革与社会发展确有某种内在联系，在一定条件下，二者是可以互相推动的。这正是中国文化的博大精深之处。神了！

醉后添杯不如无

最近几天威马逊台风在海南、广东、广西三省大显神威。台风来时最大风力达 15 级，卷起巨浪 10 余米，先后三次登陆。台风过处，房倒屋塌，天翻地覆，一片狼藉。据统计，三省区有几百万人受灾，居无定所，衣食无着。一方有难，八方支援，政府和社会快速反应，救灾物资源源不断送达灾区，充分体现了社会主义的优越性，体现了大家庭的温暖。但是有心人发现，在堆积如山的救灾物资中，有红十字会紧急调拨的几千床棉被十分抢眼。网友纷纷质疑，目前南方正值三伏酷暑，气温高达 35 度，赤脚光背浑身是汗的灾民手捧棉被不知心中是酸是甜，脸上是笑是哭?

现在政府官员都很在意舆论的力量，面对汹汹而来的舆论指责，一般都会道个歉，服个软，先把舆论平息了再说。但是中国红十字会这一次却是反其道而行之，赈济救护部副部长杨绪生通过媒体高调回应，三伏天送棉被并没有错。他大概讲了三层意思，我觉得挺有趣。他首先表示棉被是根据自下而上的申请调拨的，这一点我就表示怀疑。基层官员身在灾区，对台风袭击有切身体会，不会不知道三伏天的灾区最需要什么。这个时候向上伸手要棉被，除非是像有的网友说的，灾民是家里进水了，官员是脑子进水了。他接着说，虽然三伏天气温很高，但是有的时候，有些地方不盖被子还是有点冷。棉被也不是没有用处，可以铺在门板上当床嘛。他还举例子说明，你看北京也是30多度，早上有的老大爷散步还穿夹克呢。我看这就是半夜起来叫大嫂，没话找话了。你在全北京看看，总共有多少人穿着夹克散步；再去南部灾区看看，有多少人抱着棉被睡觉。最后杨副部长说了一句该打嘴的话，也不是只有我们红会送了棉被，民政部也送了几百床呢！你就说你自己呗，拉上人家民政部干什么？不过我倒觉得民政部送几百床，照顾一下特殊需要还是可以的，你红会几千床的送，就有点不对口、不对路了。

其实红十字会救灾饱受非议并非是第一次。几年前四川发生地震，红会捐赠的物品就曾经让人大跌眼镜，其中有平板电脑，有高级护发素，有时髦的高跟皮鞋。真不知地震灾区的群众对此做何感想。看来这次红会并没有吸取教训。常言说渴时一滴如甘露，醉后添杯不如无。救灾的原则是救急不救贫，需要雪中送炭，不需要锦上添花。三伏天的灾民，他最需要的是一碗八宝粥，一瓶矿泉水，一盒清凉油，一把扇子，一条毛巾被。你送去棉被，就好比三九严寒的黑龙江遭受雪灾，你送去凉鞋和超短裙，你这不是找挨骂吗！

有的网友对此事不依不饶，怀疑与政府集中采购不透明有关系，甚至猜测红会要清仓套现。我倒宁愿相信红十字会只是考虑不周，好心没把事办好，以后注意点就行了。

脱稿讲话应当成为常态

副总参谋长王冠中在新加坡香格里拉会议上脱稿讲话，批驳日本首相和美国国防部长对中国的无端指责，博得国内舆论广泛赞许。国内公众对王冠中脱稿讲话印象很深，但他究竟讲了什么并没有多少人关心。

王冠中的讲话是有稿子的，而且他确实也念了稿子。稿子念完后，他作了一个口头补充。正是这个口头补充，为他赢得了声誉。日本首相安倍和美国国防部长哈格尔发言在前，他们两个一唱一和，互相怂恿，安倍含沙射影，哈格尔咄咄逼人，对中国进行肆意攻击。轮到中国发言，会议已经接近尾声了。如果王冠中念完稿子下台走人，对日美的攻击连个反击都没有，那就太窝囊了。为什么脱稿发言呢，我估计是事先准备的发言稿分量不够，念完后他觉得意犹未尽，不吐不快，来而不往非礼也。发言稿是集体讨论研究的，代表总参和外交部，错了组织负责；他脱稿讲话虽然也代表国家，但是讲错了却应由他个人负责。他的这种敢于担当，勇于负责的精神，我佩服。

按理说脱稿讲话也没什么大不了。我看国外有些政治家讲话很少照着稿子念。特别是普京，他讲话好像是信马由缰，随手拈来，既一语中的，又幽默风趣，也没发现他捅了什么漏子。奥巴马讲话也很少用稿子，基本上是开口就来，讲完就走，讲话不长，干脆利落。

为什么王冠中脱稿讲话反响那么大呢？因为中国官员讲话习惯念稿子，念稿子是常态，不念稿子是例外。大小是个官，念稿子的水平都很高。你看领导们工业会议上讲工业，农业会议上讲农业，军事会议上讲军事，好像什么都懂。其实都是秘书班子写好的，有个高中文化不要念错弄颠倒就行了。当然也有不少领导干部的确有水平，他讲的话秘书写不出来。但是他在大会上也念稿子，他怕万一讲话把不住门，被人抓住把柄，那麻烦就大了。有的领导讲话也脱稿，但是他脱稿时一般都说明一下，“这里我插几句”。他插的几句往往是最精彩的，不过回去传达还要以稿子为准，脱稿讲话不过是过过嘴瘾罢了。

当然，重要场合讲话，还是要有个稿子，不能满嘴跑火车。我的意思是，要克服稿子依赖症。只有甩开了稿子，才能克服大话、官话、套话，讲真话、实话、大白话。说错了也没什么大不了，纠正就是了。王冠中在那样的大会上都敢脱稿讲，你怕什么？

党内不准叫“老板”

广东省纪委发出通知，从今以后，党政机关称呼不能太庸俗，同事不能称“兄弟”，领导不能喊“老大”。通知指出，党政机关内部由于受官僚主义、宗派主义和江湖习气的影响，同志之间称呼庸俗化，称领导为“老大”“老板”，称下属为“兄弟”“哥们儿”。弄得政府不像政府，机关不像机关，和《水浒传》里的梁山泊差不多。今后再这样胡叫乱答应，以违反纪律论处。

称呼问题看起来事小，其实反映了政治生态的现状。中共中央早就发出过《关于党内同志之间的称呼问题的通知》，党员在政治上是平等的，党内应该称同志。同志者，志同道合之谓也，其含义是深刻而崇高的。20 世纪 70 年代，我在省军区司令部当参谋。我们党小组有一位老党员叫张震东。此人时任省军区副司令，是个老革命，红军时期就当了师长，曾经抛头颅洒热血，过五关斩六将。我们这些新兵蛋子平时见了他吓得两腿直抖，先敬礼再喊“首长”，然后撒腿就跑。但是开党小组会的时候我就敢叫他“张震东同志”，大家并不感到奇怪，张震东同志也没有丝毫不高兴的表示。如果是现在，这么大的首长让我直呼其名加“同志”，吓死我也不敢，这叫此一时也彼一时也。

党内称呼由“同志”到“老板”的变迁，从一个侧面反映了时代的发展变化，也算是与时俱进吧。过去“老板”是个贬义词，一提起“老板”，总会联想起“剥削”，联想起“为富不仁”，谁敢把领导叫“老板”呢，这不是骂人吗？自从鼓励一部分人先富起来，“老板”的形象一下子就变得正面和高大了。老板就是财富和权力的象征。而曾经流行了几十年的“同志”称呼，却由正面走向反面。现在称“同志”，就显得有点落伍，甚至有点暧昧。如果一个班子的同事突然称起了“某某同志”，那他们之间的关系就很可能已经相当紧张了。

领导喜欢下属叫他“老板”，是因为他心里认为自己就是老板。当官当到一定份儿上，特别是当了一把手，你叫他没有官气官架子，那就太难为他了。部下的升降荣辱、进退去留，都在他手心里，这不是老板是什么？部下叫他“老板”，表现的是感激、敬畏和忠诚，他还能听不出来么，听到后能不高兴么？部下称领导“老板”，除了敬畏和忠诚以外，还有一种自豪感和归属感。这就无形中拉近了和领导的距离，说明自己就是领导的小兄弟，或者是马仔也行，反正都是身份的象征。“老板”不是人人都能喊的，普通老百姓能喊吗？

最近中纪委的文件也到了，重申党内不准禁叫“老板”，要作为一项制度，谁犯处理谁。不过我倒觉得，口头叫什么并不重要，重要的是心里想什么。千万不要嘴里叫“同志”，心里还是把领导当成老板。除山中贼易，除心中贼难！

最后一个冲上去也是英雄

8 月 21 日，从荷兰阿姆斯特丹开往法国巴黎的国际高速列车上上演惊恐一幕。一名男子赤膊从厕所出来，手持突击步枪，欲对乘客开火行凶。三名乘客见义勇为快速出击，联手制服凶手，避免了一场凶腥屠杀。有关方面怀疑这是一场恐怖袭击行动，凶手一旦得手，事件将震惊世界。

这三位乘客理所当然地成为英雄，受到法国政府授予的勋章。他们中有一名大学生，两名军人。当记者采访他们时，一位名叫安东尼·萨德勒的军人说，我不是第一个冲上去的。我看到凶手手里有枪，首先想到的是赶快躲起来。看到别人冲上去了，我不能看着他送死。我是最后一个冲上去的。

勇敢固然可敬，坦诚也同样可敬。贪生怕死之心，人皆有之。试问天下人，谁不贪生，谁不怕死？但是当鱼与熊掌不可兼得时，舍生取义，慷慨赴死，此英雄之所以为英雄也。这位安东尼起初想躲起来也未必是怕死。他是军人，他当然明白在战场上首先是保护自己，只有有效地保护自己，才能有效地消灭敌人。但是当事发突然，看到别人冲上去了，他也勇敢地冲了上去，他同样是英雄。

成了英雄之后，一般的人，对起初萌生的躲避念头，在公众面前就不说了。毕竟这不怎么光彩，他不说谁也不知道。但是他却敢于“如实招来”，这也是一种勇敢。而且他还明确地告诉公众，我不是第一个，而是最后一个冲上去的，一号英雄不是我。这一点更加可爱，一般人做不到。

我们许多人都有浓厚的“1 号”情结。在体育比赛时，第一名和第二名就是冠亚军之别。如果你得了个亚军，领奖台上奏响的就是别人的国歌。所以，勇创第一，是一种勇敢，一种志气，一种精神。但是有时候争第一，却未必是一种高尚。比如解放战争渡江战役，全国就有好几个“渡江第一船”，至今还争得不可开交。其实在那种情况下，本来就没有裁判跟着，许多人连手表都没有，即使戴了手表，登岸时炮火连天，也未必会低头看看几时几分几秒。这本来就是谁也无法说清的问题。其实第一船和最后一船又有什么区别呢？

我们的社会舆论对英雄往往要求过苛，英雄不能犯常人的错误。我们在宣扬典型时，会自觉地或不自觉地将不利于英雄高大形象的因素会尽量抹去。像安东尼面对镜头说的那几句话，编辑时没准儿就给掐了。他说了许多话，你为什么偏要采用这几句呢？但是正是这几句话，才让人感到英雄的亲切、真实和可信。

做都做了，还怕别人说吗？

美国国会下属的“美中经济与安全评估委员会”发布年度报告。这个报告称，中国的洲际导弹不但能在陆上和空中发射，而且能在水下发射。陆地和空中发射容易对付，水下发射隐蔽性和突然性强，难以提早发现，等发现了再反应就来不及了。中国潜射导弹射程 7400 公里，可以打到美国本土。中国到 2020 年可能拥有 313～342 艘潜艇，其中 60 艘可以发射洲际弹道导弹。到那个时候，中国将建成西太平洋最大的现代化潜艇和作战舰队。这样一来，中国对美国的威胁将大大增强。

这份报告不仅在美国产生很大反响，而且引起世界各大媒体的热议，“中国威胁论”再次升级。报告对中国军力的发展确有夸大炒作之嫌，其用意无非有两个。一个是军方拿中国威胁说事儿，借机要挟国会多掏腰包，增加军费。报告提出，为了保持亚太地区军力平衡，美国海军在亚太地区至少再增加 60 艘舰艇。再一个就是在中国周边制造紧张空气，吓唬世界各国尤其是亚洲国家。

那么中国是如何反应的呢？美国如果说我们不行，我们就偏说行；美国越是说我们行，我们就拼命说不行。外交部发言人批评这个报告“充满意识形态偏见和冷战思维”，是别有用心。军事专家纷纷发表评论，异口同声地表示，我们和美国比还差得远，至少差 30 年。我们的导弹数量比美国少，射程比美国短，美国打 10 分，我们只能打 3 分。

我们如此低调谦虚，出发点是为了抵消“中国威胁论”的影响，让世界相信我们真不行，你们不用害怕。结果呢？恐怕是事与愿违。中国已经稳坐世界第二把交椅，军力发展有目共睹。不管你怎么表白，美国都会把中国作为主要对手。他航母向亚太调动也好，频繁搞军事演习也好，都说不是针对中国的，那你是针对谁的？天知地知，你知我知。

其实我们不妨换个思路。美国再发布这样的报告，我们也不说是，也不说不是，不点头不摇头，留下广阔的空间，让他猜去。我们越不吭，他就越是猜不透；越是猜不透，他就越紧张。他紧张一点儿对我们来说未必是坏事。你说我威胁我就威胁。他知道我们有对付他的暗器，就要慎重考虑，一旦对我动手，可能会遭到什么样的报复，面临的后果是什么，他就不敢轻举妄动。这就叫不战而屈人之兵。

发展军事力量，增强国防实力，我们已经做了，并且还要做下去。做都做了，还怕别人说三道四吗？随他去吧。

别怕蝼蛄叫，只管种庄稼

本月 11 日，美国兰德公司发表《中国未完成的军事变革：对解放军弱点的评估》报告。18 日，美国前驻华武官，也是评估报告的参与者之一卜思高，发表一篇题为《中国打不了现代战争的十个理由》的文章。文章列举中国人民解放军的“致命缺陷”，包括指挥系统陈旧，缺乏实战和联合作战训练，军队结构不合理，太多军人从事非军事工作等。作为一个老兵，我对该文所做的结论断然不能接受，但对他所指出的一些问题却又无法否定。

其实美国对中国军力的评估往往是自相矛盾的。美国军方一直在宣传中国“威胁论”。他们过高地估计中国战力有着自己的目的。一方面是吓唬国内老百姓，制造国家安全面临中国威胁的假象，让政府和富豪们多掏腰包增加国防预算。另一方面则是吓唬亚太地区的中小国家尤其是中国的邻国，使他们相信中国军力的发展威胁到他们的安全，只有美国才能为他们提供安全保障，登上美国的战车才是唯一出路。而美国民间组织（包括兰德公司）和个人（包括退休的高级将领），却始终坚持“唱衰论”，对中国军力故意贬低，对存在的问题无限放大，甚至不惜歪曲事实，污蔑解放军外强中干，不堪一击。他们这样宣传的目的是为了显耀美军实力，为盟国撑腰打气。这两种观点看起来是截然对立的，其实是他们演的双簧戏。他们会根据不同形势的不同需要，两种论调轮番登场。有些高级将领在台上说的是“威胁论”，退役后又拣起了“唱衰论”。

对于美国的这两种论调，我们很在意，经常跟他们打嘴仗。“威胁论”露头了，我们会做出官方回应，我们是爱好和平的，我们永远不称霸，我们从来都没有威胁谁。而且我们的军力还不够强大，和美国比差距还很远，你们真的不要怕我们。“唱衰论”一出来，我们的一些老将军就会发表言论，认为这是对我军的攻击和污蔑，我们是存在一些问题，但也不像你们说的那样，这也不行那也不行。其实美国佬说过也就说过了，他并不关心你是如何回应的。我总有点让他们调理神经逗着玩儿的感觉。

在这方面我很佩服俄罗斯。美国人很少拿俄军说事儿。俄军那么强大，美国人从来不说俄军威胁论，现在俄罗斯军队那么困难，他们也没有说什么崩溃论衰败论。美国说什么俄罗斯也并不在乎，他们也基本上不回应不评论，怎么说是你们的事儿，怎么做是我们的事儿。

我觉得我们还是要有点定力。反复解释磨嘴皮子会让人家认为你不够自信。中国是不是威胁并不取决于我们，你把我当朋友我就不会威胁你，你把我当敌人我就威胁你，这还用解释吗？解放军到底行不行你说了不算，拉出来走两步才能看出来，我跟你磨嘴皮子干啥？

老农民有一句俗话，听蝼蛄叫，还不种庄稼了吗？让他们说去吧，别理他，把我们的庄稼种好才是正事儿。

这口气憋了十五年

普京在吞并克里米亚问题上表现得异常坚定。他对西方的谴责、恐吓视若无物，一副气吞万里如虎、老子怕谁的架势。美欧原以为说几句硬话就能把普京吓唬住，没想到老普不吃这一套，依旧神定气闲，坐看风起云飞。美国宣布要对俄罗斯的一家银行实施制裁，普京说可惜我在这家银行没有账户，不过我可以去开一个。我还以为他开玩笑，没想到过了几天他就把自己的工资存入了这家银行。别看普京平时一本正经，关键时候还挺幽默。普京的出色表现，把西方世界气得半死，俄罗斯人却是长出了一口气。

这口气已经憋了十五年。

20 世纪末，架不住美国的武力威胁加和平演变，一个庞然大物轰然倒地。俄罗斯继承了苏联的大部遗产，却没了当年苏联的威风八面。那时的俄罗斯是诚心诚意要向西方靠拢，愿意和美国结成八拜之交。美国也不含糊，说是兄弟你放心，按照我的处方抓药，保你药到病除。没想到这大哥说活不算话，口惠而实不至，还尽在背后使绊子。没过几年，一个膀大腰圆的壮汉被折腾的面黄肌瘦，一流国家变成了二流国家。这俄罗斯可叫美国坑苦了。

十五年前，40 多岁的普京登上总统宝座。当时他也想抱西方的粗腿，和西方政要套近乎。他首先结交英国首相布莱尔，两人一见如故，互道仰慕，以为找到了知己。普京当总统第一年，两人见了五次面。紧接着，他又攀上了美国总统小布什。他给小布什讲故事，小布什称赞说从他的眼睛能看到他的心灵。哪知道这俩人当面和他称兄道弟，背后对独联体国家分化瓦解，把俄罗斯的七个近邻国家拉进北约，北约的装甲车直接顶到俄罗斯的家门口。普京这才清醒过来，对西方国家彻底失望。他说：“俄罗斯真诚地希望与西方同行对话。希望我们的关系是平等、坦率和真诚的。但我们没有看到回应。相反，我们一次次地受骗，他们背着我们通过决议，把既成事实摆在我们面前。”他还说，“以美国为首的西方伙伴更愿意奉行的不是国际法，而是强权。他们坚信自己的选择，坚信自己可以例外，相信自己可以决定世界的命运，他们一贯正确。”

普京这番话，充满了屈辱和愤懑，可以说是字字血、声声泪。现在乌克兰给了他一个机会。这位曾经被戏弄而今已清醒的大汉，抡起结实浑圆的臂膀，伴随一声仰天长啸，狠甩了对方一个大嘴巴，令全世界为之震惊。不过你可别认为这只是普京的匹夫之勇。普京之举是基于他对世界格局的准确分析和把握，特别是他的身旁站着中国。正如俄罗斯媒体所说，世界上有中国，俄罗斯就不怕制裁。别看中国投了弃权票，没有谁敢说中国只是个打酱油的。

第三辑

品人物

陈独秀是个真爷们!

随着中共党史研究的逐步深入，陈独秀的历史地位正在得到客观公正的评价。唐宝林先生的百万字巨著《陈独秀全传》，还原了陈独秀有血有肉有性格的领袖形象。我读这本书得到一个深刻而强烈的感触，陈独秀是一个硬汉子，真爷们!

1932 年 10 月，已经脱离共产党另组托派的陈独秀在上海被国民党逮捕。在看守所里，他看到与他同期被捕的同志彭述之、宋逢春。一见面就开起了玩笑："嗨！我还以为只有我一人被捕呢，原来你们也进来了。这下好了，我有伴了，不用担心寂寞了。"听那口气，不像是坐牢，好像是出差旅游。10 月 19 日，他们一行乘夜间火车被押解南京，陈独秀"鼾睡达旦，若平居之无事者然"，直到南京还未醒来。这种处危不惊，置生死于度外的风度，一时传为佳话。

陈独秀被捕后，国民党内的开明人士和社会名流纷纷展开营救活动。著名大律师章士钊自告奋勇为陈独秀义务辩护。为了争取陈独秀无罪获释，章士钊列举事实说明陈独秀与孙中山曾密切合作，和国民党是朋友，不但无罪，而且有功。陈独秀过去是共产党领袖，现在已经退出，不应再追究他过去的责任。没想到陈独秀不买这个账，拍案而起，立即声明：章士钊的辩护只代表他自己，不能代表我。我与国民党有过合作，但根本目标是相反的。我虽然退出了共产党，但是我与共产党的大方向是一致的。接着他开始自辩，慷慨激昂，义正词严，一时震慑庭堂，全场鸦雀无声，被告成了原告，法庭成了战场。弄得法官不知所措，章士钊灰头土脸。

陈独秀被判刑八年。坐牢坐到第三年，七七事变爆发，日本发动全面侵华战争。全国上下，包括国民党高层人士，强烈呼吁释放陈独秀。蒋介石托人传话，放人可以，但陈独秀要写个悔过书。陈独秀大怒，表示“无过可悔”，“附有任何条件，皆非所愿”，我要无条件出狱。蒋介石自找台阶，指示司法院“设法释放陈独秀”。司法院打了个报告，说当前时局严重，陈独秀“爱国情殷，深自悔悟”，建议提前释放。陈独秀出狱第三天，即发表声明：“爱国诚未敢自夸，悔悟则不知所指”，“我本无罪，悔悟失其对象，罗织冤狱，悔悟应属他人”。我悔悟什么？应该悔悟的是你们！

我们过去接受的铮铮铁骨、宁死不屈的共产党人形象，如李玉和、江雪琴等，大都是在原型基础上加以塑造的艺术形象。而本书对陈独秀事迹的描述，都来源于原始资料和当事人的亲身经历，其可信度、真实性非舞台形象可比。陈独秀无私无畏，有胆有识，真不愧男子汉大丈夫。

狂而不妄又何妨

我历来主张，做人要低调，不要太狂，太狂了没有好下场。最近读了刘文典小传，思想有点变化。一个人只要有真本事，狂一点也未尝不可。

刘文典是我国著名国学大师，经历了晚清、民国、新中国三个朝代。他经常口出狂言，为人桀骜不驯，世人称为狂人。他追随过孙中山，营救过陈独秀，驱赶过章士钊，痛骂过蒋介石。就凭他这资历，他就有资格狂，没人能比。

1928年，刘文典任安徽大学校长，当年发生了学潮。蒋介石召见刘文典，要求严惩肇事学生。刘文典说："事情还没弄清楚，我不能处理学生。"蒋介石大怒，向刘文典发火。刘文典说："我老刘不是贩夫走卒，我参加过同盟会，声讨过袁世凯，当过孙中山秘书。我参加革命的时候，你还不知在哪里呢！"蒋介石一怒之下把他关进监狱。社会各界发起营救运动，蒋介石只好放他出来。他说："我不是可以说关就关，说放就放的，让我出来可以，先得给我个清白。"蒋介石反过来还得求他。

刘文典的狂，并非只凭资格老而倚老卖老，而是有真本事。刘文典治学严谨，学问高深，知识渊博。正如他在课堂上所讲，别人不识的字，我识；别人不懂的篇章，我懂。凡是别人说过的，我都不讲；凡是我讲的，别人都没有说过。他以研究典籍闻名于世，他的著作学术水平之高，至今无人能够超越。尤其是他对《庄子》的研究，达到了登峰造极的水平。无怪乎他在讲课开场时这样讲：今天讲《庄子》，《庄子》我不太懂。当然我不懂也就没人懂了。要说《庄子》，天下也就两个人懂。一个是庄周，另一个就是我刘某人了。这话听起来确实够狂的，但是没有人敢向他挑战。抗战时期他在西南联大执教，有一次日军飞机轰炸，师生们都往防空洞跑。他一边跑一边念叨：保护国粹，保护国粹。当他看到著名作家沈从文，就问他：我跑是为《庄子》而跑，我死了就没人讲《庄子》了，你跑什么跑？沈从文无言以对，只好给他让路。

刘文典对自己的狂并不否认。他曾经作过自我反省：以己之长，轻人之短，学术上骄傲自大，是我最大的毛病。不过他又说，我并不是在任何人面前都骄傲自大，如陈寅恪、胡适、辜鸿铭，我就很尊重。他对国学大师陈寅恪佩服得五体投地，曾经多次在课堂上竖起大拇指说，这是陈寅恪先生！然后又翘起小拇指说，这是刘某人！用他自己的话说，这叫狂而不妄。

狂傲是个贬义词，也是个褒义词，看用在谁身上。刘文典狂则狂矣，傲则傲矣，但并不让人生厌，反而觉得可爱。支撑他狂傲的，是他的铮铮铁骨，一身正气，满腹学识，“洒脱不羁”。而有的人有一点小本事，取得一点小成绩，就自以为了不起，不可一世，目空一切，非但不能让人尊重，反而让人看不起。要想狂傲，先把本事练好。

我也想像刘文典那样狂一把，无奈没有那个本事，只好继续夹紧尾巴。

何如当年身便死

说起汪精卫和他的老婆陈璧君，大家都知道这是一对狗汉奸。但说起他们年轻的时候也曾是奋不顾身的革命斗士，恐怕就知之不多或知之不详了。

清朝末年，年轻的汪精卫追随孙中山组建革命党，从事推翻帝制的革命活动。在革命处于低潮的时期，27 岁的汪精卫提出要去北京刺杀摄政王载沣，用自己的生命唤醒民众。孙中山、胡汉民等坚决反对。汪精卫说，革命如同烧饭，需要釜和薪。釜者，不惧水火忍受长期磨炼，薪者却一时轰烈瞬间辉煌。汪某愿意为薪。我倒不是敬佩他的匹夫之勇，而是敬佩他的有胆有识。在那个年代，拔剑而起、挺身而斗的草莽英雄并不少见，但深明大义又能身体力行者却是难能可贵，汪精卫属于后者。

汪精卫抓紧物色暗杀团队时，一个 17 岁的小女生站了出来："算我一个！"此人就是汪精卫的女朋友陈璧君。汪精卫说："此一去胜也是死败也是死，你何必跟着陪葬？"陈小姐说："我已抱有死无生之志，愿陪你走完最后的人生。"劝说无效，陈璧君加入了暗杀四人团，立志以身殉国。一个男队友跟她开玩笑说，你有英国护照，万一我们不幸被捕了，你可以把英国护照亮出来，英国使馆会救你出去。陈璧君当即掏出英国护照撕成碎片以示必死决心。起事的前一天夜里，陈璧君要把自己的身体献给汪精卫，被汪精卫断然拒绝：革命者欲成大事，岂能缠绵于私情。陈璧君巍然大丈夫也，汪精卫不愧真君子也！

由于计划不周，加上事出意外，刺杀行动失败，汪精卫被捕，判处终身监禁。辛亥革命成功，汪精卫获释出狱。此时汪精卫如能不忘初心，坚定前行，定能成就一个伟大人物和一番伟大事业。可惜他背离了原定目标渐行渐远，最终投靠日本，另立伪政权，终被中国人民抛弃。

读史至此，我不禁为汪精卫扼腕长叹。刺杀行动失败后，对于汪精卫来说，不幸中之大幸是他没有被杀头，而最大的不幸也是他没有被杀头。当他初出茅庐，无挂无碍，志在天下，不惜奋身一博。革命尚未成功，同志仍须努力。等他有了地位，有了官职，有了名声，也就有了患得患失。革命已经成功，同志何须努力。倘使当年他被清朝政府砍了脑袋，历史上会有一个什么样的汪精卫？他会成为一个伟大的革命先驱流芳百世，他会被写入教科书为后人传颂，他的英雄形象会在历史舞台上大放异彩。

汪精卫的可悲之处在于，他用自己的卑劣掩盖了自己的辉煌，用自己的失败成就了别人的成功，用自己的渺小反衬了革命先烈们的伟大。

今天是蒋介石的忌日

1975 年 4 月 5 日，89 岁高龄的蒋介石因患心脏病在台北士林寓所去世。次日，我在《参考消息》上看到了这条只有几十个字的消息，我记得标题是“蒋介石死了”。没有描述，没有评论，只是告诉你有这个事儿。

40 年前，在大陆民众的心目中，蒋介石不是人，是鬼。那年我 20 岁，我知道的是，老蒋背叛孙中山，破坏国共合作，屠杀共产党；在抗日战争中推行投降路线，被日本鬼子打得节节败退，丢失了大半个中国；日本投降后发动内战，双手沾满了人民的鲜血；败退台湾后坚持反共反社会主义，叫嚣反攻大陆。那时蒋介石头上一顶顶“桂冠”，独夫民贼、人民公敌、卖国贼、刽子手、蒋光头、蒋该死，等等，反正是十恶不赦。你要问蒋介石干过什么好事，没有，一点都没有。

那时在一水之隔的台湾，蒋介石不是人，是神。在国民党的历史里，蒋介石发动北伐，统一了中国；领导八年抗战，取得全面胜利，废除不平等条约，收复台湾，跻身世界四强，成为联合国常任理事国；发展台湾经济，坚决反对台独，维护国家主权。在台湾，蒋介石是民族英雄、抗战领袖、虔诚的基督信徒、典型的儒家传人。蒋介石的历史地位不容挑战，品行人格不容置疑，领袖形象不容亵渎。谁反对蒋介石，谁就是大逆不道。

常言说三十年河东，三十年河西。一眨眼40年过去了，蒋介石的形象在海峡两岸发生了翻天覆地的变化。

在中国大陆，对蒋介石的评价越来越客观，全面、多角度、立体化。一个有血有肉，丰富多彩的蒋介石形象出现在多种文艺作品中，对蒋介石的褒贬观点可以自由表达。他对抗日战争的贡献已经得到肯定，你再说他只剿共不抗日，恐怕没有几个人相信；他反对祖国分裂铁腕处置台独的立场早就倍受赞誉。如果老蒋活到现在，李登辉、陈水扁、蔡英文之流哪有出头之日！现在看来，蒋介石也不是什么都坏，他也做过一些好事。他的形象也并不那么可怕、可憎，甚至还有一点可亲、可敬、可怜。

蒋介石的命运就像跷跷板，海峡这头跷起来，海峡那头沉下去。自从李登辉窃踞“总统”宝座，蒋介石的地位就一落千丈。在台湾，蒋介石的形象正在退出课本、退出舞台、退出百姓生活。民进党掀起仇蒋、恨蒋、离蒋行动，蒋介石的200余座雕像铜像被相继拆除，软弱无能的国民党竟然无力保护自己的领袖。可怜蒋氏父子经营台湾几十年，最后落得几乎无地可容自己一具棺木。

古语云“盖棺论定”。此言用于平头百姓则可，用于达官贵人则非。历史历来是由胜利者来写的，胜侯败寇是自古不易之理。随着时光的流逝，人为的政治色彩会逐渐淡化，时间越久，历史人物的形象越接近真实客观。再过40年，还不知蒋介石什么样呢！

一个理应被铭记的中国女性正在被忘记

只要是对国家和民族做出过贡献的人，我们都不应该忘记她。现在，就有这么一个人，而且是一位可以称之为伟大的女性，正在被人们悄悄地忘记。这个女人就是宋美龄。

我们这一代人对宋美龄并没有多么深刻的印象。我们只知道她是蒋介石的老婆。最近阅读一些关于抗日战争的书籍，发现其中凡涉及宋美龄的，大多是正面形象。这些书读多了，确有潜移默化之效，宋美龄在我面前的形象也逐步正面甚至高大起来。读着读着，对宋美龄就有点近乎崇拜了。

宋美龄对国家和民族的贡献，集中反映在抗日战争时期。在中国坚持独立抗战五年之久的关键时刻，她走上外交舞台的中心。充分施展自己的才华，宣传中国军民可歌可泣的事迹，争取美英等国对中国抗战的支持。她对国际抗日统一战线的形成，对于奠定中国的大国地位，都发挥了独特的不可替代的作用。尤其是 1943 年她对美国的访问，更是为中国增了光，添了彩，直接影响了抗日战争的发展趋势和战后的世界格局。

她以东方女性的胆略、气魄、智慧和独特的个人魅力，征服了美国的男人，倾倒了美国的女人。在当时的美国人眼里，宋美龄就是中国。她到了华盛顿，总统夫人和副总统亲自到机场迎接，并被安排住进白宫。她在国会发表演讲，总统坐着轮椅在台下倾听。她甫一亮相就赢得四分钟的掌声，演讲结束后又是全场起立，掌声欢呼声雷动。罗斯福总统与她在白宫举行联合记者会，她坐在中间，总统和夫人分座两旁。她到了纽约，接她到宾馆的竟然是装甲车。纽约市长在市政厅举行欢迎会，市政厅广场上上万人聚集在一起等着看她一眼。随后又举行了两万人参加的市民欢迎会。她到达旧金山，街上彩旗飘扬、鞭炮齐鸣，学校放假，商店休业。她到了洛杉矶，市长宣布当日为“蒋夫人日”，并陪同游行，受到50万人夹道欢迎。这种超规格的接待，别说在美国，在全世界也绝无仅有。

试想当是时，宋美龄身后是一个什么样的中国？这是一个积弱百年、列强瓜分、被人看不起的中国，是一个正在遭受强敌入侵、战火纷飞、饱受蹂躏的中国。而她此行目的，是为了争取外援，可以说是求人的差事。但她没有丝毫的奴颜媚骨，她不卑不亢，柔中寓刚，充满了民族自豪，维护了国家尊严。且看她演讲中的精彩片断：“当1937年日本军阀发动其全面对华战争时，各国军事专家咸认中国无一线之希望。但日本并不能如其所曾夸称，迫使中国屈膝。”“中国对于其本身所负各种之责任，深切明了；对于如何而可在原则方面妥协让步以获得种种权益，则从未顾及。”“我中国人民根据五年半之经验，确信光明正大之甘冒失败，较诸卑鄙可耻之接受失败，更为明智。”“吾人将坚持此一信念，即除灭种外，任何事物均不能阻止一民族抵抗经济上政治上外来之强暴控制。”真是铿锵有力，掷地有声！此等豪言壮语，出自女人之口，真可以惊天地、泣鬼神，立国威、振国魂，令天下须眉汗颜！

宋美龄在演讲时笑容可掬，落落大方，面对记者却是机智应对，腾挪自如。在白宫记者会上，有记者问中国对美国空军支援有何期待。宋美龄回答：我们需要飞机与汽油，贵国总统已经克服许多困难，此一问题还需请总统回答。罗斯福老奸巨猾地说，现在主要是运输问题，正在尽力设法。“上帝许吾人如何快，吾人即如何快。”宋敏捷接话：“余可补一句，上帝助自助者。”此话令罗斯福尴尬不已。有记者提出一个挑衅性的问题：“请问中国战后有多少人需要美国提供粮食？”宋当场驳斥：“中国无论战前战后，均不期望美国供给粮食，中国人民虽穷，傲骨尚存，决不受他人施惠，亦不受无偿之物，惟具有友谊性质之赈济，则中国人民自然感激不置。”须知说这番话时，美国总统就在身旁。一向冷酷的美国新闻界对宋大唱赞歌，颂扬她“笔锋强于刀剑，词锋胜于笔锋”。可惜现在很难看到如此精彩的答记者问了。

我床头这本书叫《外交的绝响：宋美龄在 1943》。绝响者，空前绝后之谓也。前无古人，已经被证实；后无来者，至少到目前为止，还没有。这样一位杰出的中国女性，不应该永远保存在炎黄子孙的记忆中吗？

当罢政委当农民

老战友刘君，出身农家，家境贫寒。为衣食计，弃农从戎。入伍后发奋图强，屡获升迁，官至军分区政委。

此君自幼侍弄稼蔷，虽从军40余年，冰心不改，本色依旧。退休后到甘肃省永昌县租地务农，真个是解甲归田。

蒙刘君数邀，到永昌探访。下得飞机，改乘汽车跋涉三百余公里，始到刘君田园。只见云淡风轻、莺啼草长、鸡鸭相戏、牛羊伏栏，农家气息扑面而来。

田头何所见？豆角如秤、番茄如拳、西瓜如斗、葵花如盘。玉米盈尺、黄瓜满握、苜蓿竞长、枸杞争艳。好一派丰收景象！

刘君种田务农，并非指手画脚，沽名钓誉，而是眼到手到，亲力亲为。听其言也，种子、茬口、施肥、浇水，俨然一专家也。观其人也，两眼炯炯脚步健，双鬓苍苍十指黑，俨然一老农也。此地阡陌纵横，流水潺潺，鸡犬相闻，禾稼葱郁。一老翁穿梭劳作其间，是凡人也，非凡人也。

刘君为人纯朴家常，有官身无官气，有俗事无俗心，接地气亲平民。三里五庄，左邻右舍，口中以老政委呼之，目中以老村长视之。闲时走村串户，探亲访友，村民无不奉茶献果，敬若上宾。老政委爱犬如子，出行时左黄右苍，前呼后拥，人到狗到。乡亲习以为常。曾有人问曰，此狗咬人乎？老政委答曰，狗不咬人，看到你点头笑笑，其为狗乎？众人皆大笑。

官场中人常言，官当多大算大，钱挣多少是多，大有看破红尘，急流勇退之概。其实依我观之，多是场面应景之语，能说之而不能行之。刘君出身农民，当年跳出农门，至于功成名就，而后重操旧业，完成40年一大轮回。能官能民，能屈能伸，随俗而不媚俗，无傲气而有傲骨。此谓真君子大丈夫也！

有朋远方来，把酒话桑麻，指天说地，谈古论尽，无官气戾气，有平心舒心，岂不快哉！

这个书记好脾气

巴东县委书记陈行甲到大支坪镇调研，结束时已经十二点半了。在回县城的路上，陈书记打个电话给绿葱坡镇党委书记田恒勇，说："我回县城路过你那里，半个小时到，在你们镇上吃个便饭，顺便听你汇报一下当前工作。"没想到田恒勇婉拒了，因为他已安排好下午两点半到一个村里开"屋场院子会"，时间上来不及。

这个田恒勇书记脑子进水了。他没想想，县委书记是什么人，那是可以决定他命运的人。县委书记在人家镇里调研，到你镇上吃饭，这是多大的面子啊，这种机会不是常有的。村里的群众会有什么要紧，叫他们等着就是了，实在不行就说领导忙来不了，会不开了，群众也能理解。

不过我想田恒勇肯定是有他的想法的。他与村里群众有约在先，县委书记是临时插进来的，得有个先来后到。群众会是一拨人，陈书记是几个人，少数要服从多数。叫群众等一会儿，先吸吸烟，掼掼蛋，也不是不可以。但那样就在老百姓面前失信一次，领导形象就打了个折，下次你再开会，他就不当真了。

我想田恒勇书记从内心来说也是怕得罪陈行甲书记的，他也想借这个机会跟陈书记套套近乎。无奈此时他面临两难选择。摇头还是点头，看起来很简单，背后却隐藏着严肃的利益权衡。作为一个基层干部，眼睛是向上看还是向下看，是领导重要还是群众重要，这表现了一个人的党性和德行。田书记做出了理性的选择，他得到群众的点赞是理所当然的。

但是我相信多数人不会这样选择，如果大家都这样做那就不是新闻了。在许多人眼里，谁权大就以谁为中心，谁能决定我乌纱帽我就向谁负责。只要领导高兴，群众做出点牺牲怕什么，那叫顾大局，讲政治。田书记的可贵就在于，他把自己的命运和老百姓捆在一起，而不是和县委书记捆在一起。

看到这里，大家可能会认为我是在表扬田恒勇。其实这不是我的本意。我的本意是为陈行甲歌功颂德。田恒勇能当上书记也不是傻子。他敢于婉拒陈书记，是因为他知道陈书记是个什么样的人。他这样做，不但不会受批评，没准还能受表扬。果然，陈行甲在全县干部大会上公开表扬田恒勇，说自己被拒绝后“心里莫名的感动和欣慰”。

不是我狂妄，我敢说许多当书记的没有这个雅量。在他们看来，自己的尊严和面子神圣不可侵犯。他们看部下不是看品性、看能力、看政绩，而是看对自己的忠诚度。谁敢冒犯自己就没有好果子吃，当书记的收拾部下办法多得很。

田恒勇好福气，碰上一个陈书记，陈书记好脾气，不收拾你还夸你。要是摊上一个势子大的领导，不陪书记吃饭去开什么“屋场院子会”，你敢吗？

全身而退需要勇气更需要自信

山东省济宁市市长梅永红辞职了，到深圳给一家民营科技公司打工。

梅永红在仕途上本来是大有希望的。五年前中央组织部从中央机关抽调66名司局级干部到地市级担任主官，梅永红是其中之一。大家都明白，中组部下派的干部，肯定是重点培养对象，下一步是要准备提拔重用的。事实上下派的66名干部中，已经有14名进入了副省级。不出意外的话，梅市长离梅副省长、梅副部长也就一步之遥。

就这一步之遥，他等不及了，或者是不愿意等了。寡妇拍大腿，走人！

这不但需要勇气，也需要自信。

在市长这个位置上，手中掌握着不大不小的权力和资源。这种权力和资源，可以用来干事业，也可以用来保护自己。一个市长，只要自己坐得端行得正，别人想把他扳倒没那么容易。但是一旦头上没有了顶戴花翎，权力没有了，自我保护的资源也就大大缩水了。墙倒众人推的事并不少见。

一把手市长辞职，称得上是大新闻了。他本来在济宁赫赫有名，但出了济宁，知道他的人就不多了。他这一辞职，网上一炒，一下子成了全国闻名的新闻人物，暴露在万人注目的聚光灯下。他要接受人肉搜索，他爹是干什么的，他老婆开没开公司，他儿子女儿有没有在外国留学，他家有没有别墅，都会被翻个底朝天。这就好比被扒光衣服给人看，身上有个疤、有个痣都无从遮掩。从目前情况看，他经受住了考验。

一个人最容易出问题的时候，不是乘势而上的时候，往往是功成身退的时候。

我在部队参加过 1998 年长江防洪，在实践中得出一个经验，要防止退水破圩。在洪水上涨时，大家注意力高度集中，各种准备很充分，出了险情很快就被排除了。但是水位下降时，往往会松一口气，放松戒备，遇到险情，措手不及，反而会大意失荆州。

同样道理，领导干部辞职，也是最脆弱最危险的时候。你光有胆量还不行，还要有把握没有把柄被别人抓住，经得起群众眼光的立体照射。你想辞就辞啊，不一定能平安落地，搞不好就退水破圩了。

“那时候”是哪时候？

铜陵长江大桥上游约五公里处，有一江心洲。我在铜陵工作时，这个小洲才刚刚浮出水面，面积不过几百亩。短短十几年，小洲日有所增，如今已有八千余亩，面积相当于十几个珍宝岛。

江心洲由长江泥沙冲积而成，是大自然的恩赐。普天之下莫非王土，理所当然地归铜陵市政府所有。由于小洲四面环水，汛期一片汪洋，利用价值不大，已有多年闲置。有一韩姓退伍军人，出资两千九百万，与市政府签订合同，租下小洲，为之命名永兴岛，成为首任“岛主”。

某日，我们一行十人，乘一叶扁舟，渡江登岸，赴洲上参观考察。岸边立一简易牌坊，横批书有“永兴岛”，两边是八个大字：“守土如玉，寻那时候”，颇有点不伦不类的感觉。我问小韩“寻那时候”是什么意思，小韩诡秘一笑：我也就随口一说，并无深意。我看他的表情，好像是没说实话，也就没有深究。

小韩陪同我们信马由缰。只见洲上围堰筑堤，植树造林，垦荒种地，饲养家禽，一片荒芜之地渐现生机。眼前一大块麦田，绿如碧玉、厚如绒毡，一眼望不到边，看上去很是养眼。小韩介绍说，他们完全采取传统的种植方法，不施化肥，不打农药，土生土长。虽然亩产仅有几百斤，但是营养丰富，口味纯正，颇受消费者青睐，用小麦粉做成的馒头在铜陵供不应求。洲上饲养的家禽不用饲料喂养，完全是自产食物综合利用，真正的无公害，纯天然。靠江边挖有一口鱼塘，与江水贯通。塘内从不放鱼苗，塘口设有特制拦网，江鱼能进不能出，钓上来的就是江鲜。永兴洲上的农产品统一品牌注册：“那时候”，在市场上颇为抢手。

江心洲四面环水，仅有一苇可航。不通电，不通车，不通自来水，仿佛荒蛮未化、混沌初开。几十名工人筑巢而居，自种自食，日出而作，日落而息，无争无讼，恍如隔世。此地无案牍劳形，无市侩之争。江边树下，铺一领草席，仰天长卧，听鸟语莺啼，看云卷云舒。或设几置凳，沏一壶淡茶，邀三五知己，无边无际，乱吹一通。到哪里去找神仙，不就是我和你嘛！

中午在洲上野炊。地锅土灶，土鸡笨蛋，新鲜蔬菜，野鱼江鲜。外加一群神仙，几瓶土酒，吆五喝六，得意忘形。乘兴而来，尽兴而归。临登舟离岸时，再看一眼牌坊上的“那时候”，不禁豁然开朗。“那时候”是哪时候？就是没听说过转基因的时候，就是不用担心地沟油的时候，就是老人倒了有人扶的时候，就是端着饭碗串门子的时候。

普京，我喜欢

沧海横流，方显英雄本色。在办公室画画圈儿，到城里乡村调调研，到会上念念稿，这样的总统我也能当。但是一遇到大事儿，特别是惊天动地的事儿，我就不行了，那非有两把刷子不可。最近乌克兰就出了惊天动地的大事儿，考验普京的时候到了，成就普京的机会来了。

乌克兰是俄罗斯的势力范围，前乌克兰总统亚努科维奇是普京的小兄弟，乌克兰的克里米亚共和国是俄罗斯身上割下来的肉。乌克兰关系到俄罗斯的核心利益。美国和西欧包抄俄罗斯，乌克兰是必争之地。美欧在乌克兰煽风点火，搞小动作，扶持反对派。一时间，乌克兰民怨沸腾，官不聊生，民族分裂，冲突不断。亚努科维奇太软太怂，束手无策，丢掉总统宝座，仓皇逃往俄罗斯。美欧自以为得手，暗自窃喜弹冠相庆。谁知这普京云彩眼儿里伸手不是凡角，沉默两天后断然出兵乌克兰。我从电视里看到这一消息，大腿一拍：好哥们！本来俄罗斯也可以发表个不痛不痒的声明，表示一下关切。但如果是那样，普京就不是普京了。

普京亮出这一招儿，让西方世界目瞪口呆。奥巴马与普京电话里斗嘴九十分钟，各说各话，互不相让，最后不欢而散。美欧开始对俄罗斯实施制裁，目前亮出的招数是向乌反对派政府提供经济援助，不参加即将在俄罗斯召开的八国峰会，中止贸易谈判。其实乌克兰现政府最希望的是美国出兵，美国在这个关键问题上躲躲内闪，他不敢冒这个险。和强大的俄罗斯军队正面交锋，美国还没有把握，他怕输不起。普京倒是不卑不亢，收放自如。昨天晚上普京答记者问，一个字，爽；两个字，真爽！八国峰会我们正在筹备，不想来就别来了，吓唬谁啊！乌克兰的问题，不需要武力解决，但是我完全有理由也有能力动武，言下之意是不行就拉出蹓蹓？经济制裁，别忘了西欧国家四分之一的天然气来自俄罗斯，我一关闸你就断气儿！

乌克兰的局势如何发展还很难说，但是不管怎么样，普京已经占了先机，主导权在俄罗斯手里。当今世界，还是要靠实力说话，而意志和决心是国家实力的重要组成部分。美国也是欺软怕硬，这次普京如果稍微一服软，美国马上就变得强大无比。普京打了美国的脸，也给我们出了一口气。

外国的政治家，我佩服的不多。查韦斯是一个，死了。还有一个就是普京。我是人，普京也是人，他就比我大一岁，你看人家！

从阿利舍尔·乌斯马诺夫想到钱学森

我最讨厌俄罗斯人的名字，啰哩吧唆的一大串。过去看苏联小说，一本书看完了，还没记住主人公姓什么叫什么。这也是我不喜欢看俄文作品的原因。但是这个人的名字我一下子就记住了，他叫阿利舍尔·乌斯马诺夫，是俄罗斯的首富。

当前俄罗斯正处在困难时期。由于西方国家的制裁，原油价格下降，卢布汇率下跌，经济严重衰退。美国和他的小伙伴们兴高采烈，认为这下俄罗斯肯定挺不住了，就等着破产吧。没想到这个北极熊宁折不弯，死也不当吴三桂。普京强硬表示，任何力量都不能把俄罗斯压垮，最多两年，俄罗斯就会走出难关。俄罗斯的民众也邪了门儿，一心一意听普京的话跟普京走。普京的民众支持率不降反升，高达81%。普京号召俄罗斯的富人们实业救国，把国外的资产转回国内。这个阿利舍尔·乌斯马诺夫带头响应总统号召，把他在塞浦路斯的巨额资产转回俄罗斯，使俄罗斯士气大振。

塞浦路斯国家虽小，却是著名的避税天堂。阿利舍尔·乌斯马诺夫控股的两家公司有着很好的资金收益。而俄罗斯现在正面临大麻烦，投资环境很糟糕。在这种情况下，把资金抽回来投向国内，等于是从米箩跳到糠箩里，资产马上就会缩水。阿利舍尔·乌斯马诺夫这么大的商人，不会算不过来这个账。什么叫舍小家为大家，什么叫报效祖国奉献社会，这不就是吗？

我突然想到了一个问题。我们国家的富人比俄罗斯多多了。假如俄罗斯的厄运不幸降临中国（我这只是假设，请原谅我口中无德），我国的这些大款们会把海外资产转回国内吗？我想也许会有吧，但是我更担心的是国内的大款们会不会匆匆忙忙把国内资产转向国外。我看他们早早就放弃中国籍成了假洋鬼子，就越发深信这种担心不是多余的。

要说外国人比中国人爱国，那就是洋奴哲学了，就是长别人志气灭自己威风了。其实中国也有很多爱国者，当年的钱学森就是一个杰出代表。新中国成立初期，整个国家是一片废墟，可以说是百废待兴。那时候钱学森在美国已经是知名科学家了。他有良好的工作环境，有舒适的生活条件，有优越的社会地位。但是他抱定了报效祖国的信念，非回国不可。当时有人劝他，美国这么富，中国那么穷，你为什么非要回去呢？钱学森理正辞严地说，回家不需要理由，不回家才需要理由。钱学森冲破美国当局的重重阻挠，回国参加建设，做出了不可磨灭的贡献。他牵头研制成功了两弹一星，奠定了中华人民共和国的大国地位，为中国争取了几十年的和平建设时期，中国才有了现在的繁荣富强。钱学森为国家所做的贡献，又是阿利舍尔·乌斯马诺夫无法比肩的。

臧克家有一首纪念鲁迅的诗，开头几句好像是这样的：有的人死了，他还活着；有的人活着，他已经死了。我想套改一下他的这几句诗：有的人很有钱，但他并不值钱；有的人没有钱，但他很值钱。阿利舍尔·乌斯马诺夫是个有钱又值钱的人，他的所作所为是无法用卢布去衡量的。钱学森是个没钱但很值钱的人，他的思想境界是用多少人民币都无法买到的。

哥哥我只是个传说

恩施是个出故事的地方。这位孙师傅就是个讲故事的高手。

从恩施城到大峡谷有两个小时的路程，闲着也是闲着，和司机小孙师傅聊天拉呱。我问孙师傅，恩施出过什么名人？小孙说，太早了我不知道，当下就有一个，大大的有名。谁？龙老板！

龙老板是本地人，出身农家，世世代代以种茶贩茶为生。有一年茶叶滞销，茶农急得要命。龙老板（那时还是个毛头小伙子）站出来对茶农说，你们如果相信我，我先把茶叶收过来，给你打个白条，等茶叶卖出去再拿白条换钱。茶农别无他路，就把茶叶送给他。谁知茶叶到他手里变成了宝贝，狠狠地赚了一笔。听人家说，本地的茶叶和杭州西湖龙井从形状到口味都极相似，但采摘时间比杭州早十天。谷雨前上市的龙井，大多产于恩施。恩施茶不值钱，穿上黄马甲就翻几番。当年龙老板就是走的这条路，挖到了第一桶金。

卖茶叶赚了钱，开始进军房地产。你看恩施城里最大、最高、最气派的建筑，大多是龙老板开发的，你们住的那家酒店，就是他家的。恩施土家族苗族自治州的几个县区，都有龙家的楼盘。龙家在地产界的影响，并不在于规模大，楼盘多，而是他带头打压房价。恩施这么个小城市，去年房价竟然抬到7000元，老百姓叫苦连天。龙家真不简单，四个楼盘同时开盘，底价3500元，一天就卖了一千多套。从那时起，恩施房价一下子跌下来了，现在也就4000元多一点。老百姓得实惠了，房地产同行恨死他了。据说有人花钱卸他的胳膊，他命大、福大、造化大，至如今毫发无损。

龙老板有了钱不忘回报社会。除了投资福利事业，帮助乡亲脱贫，还有一个举动让乡亲们直接受益。孩子们到了十八岁，可以到他公司上班。在恩施打工，一般工资2000元左右。到他们公司，哪怕是保洁工洗碗工，起步就是3200元。在他公司干一年，如果你不吃不喝，可以买他家十平方米的房。你到北京、上海干一年，一平方米都买不起。

小孙师傅走一路说一路，越说越带劲。龙老板还在扩展业务，涉及教育、养老、医疗、健康多个行业，生意是越做越大，名气也越来越大。

说来也巧。当天晚上，朋友请喝茶，去的就是龙家茶楼。在茶楼里恰恰就碰上了龙老板。我这朋友和他是老相识，就把我介绍给了他。我看他长相也一般般，中等个，微胖，脸盘生得很朴素。握手时我说，久仰久仰，听过你不少故事。龙老板不冷不热，微微一笑，那都是江湖上的传说！

第四辑

品人生

看似平淡却深沉

最近应朋友之邀游览了鼎湖山。鼎湖山位于广东肇庆境内，因山顶有湖得名，是国务院公布的第一批重点风景名胜区。景区内群峰竞秀，古木参天，以丛林古刹、飞瀑流泉著称。在绿树掩映之中，点缀着历代名人骚客留下的石刻，据统计共有109块之多。这些石刻或咏景，或抒怀，人文景观与自然景观交相辉映，情景交融，成为景区一大亮点。有些石刻只是寥寥数字，信手拈来，看似闲闲淡淡之笔。但稍一琢磨，就觉意味无穷，思之愈久，获之愈丰。

石亭

坐落在山半腰的庆云寺，是岭南四大名寺之一。出寺沿石阶而上，古木林立，峰回路转，曲径通幽。行约数百米，横跨山路中间有一座供游人歇脚的石亭。亭柱上刻有一副对联："不作风波如世上，别有天地非人间。"上方横批是："认取来时路"。初看上去觉得不伦不类，横批和对联并不搭配。尤其是"认取来时路"，简直是一败笔。山内阡陌纵横，不必原路返回。好景还在前头，走过的路记不记得实无大碍。我走到此处，扫了一眼，淡淡一笑，古人也不过如此。转念又一想，这五个字置于如此醒目显要位置，恐有深意乎？思索少顷，便有发现，回味再三，顿有豁然开朗之感。认取来时路，是为了走好前面的路。此路明指自然之路，暗喻人生之路，人心之路，揭示的是从哪里来到哪里去这一哲学命题。一个人小有成就的时候，要认真思考一下走过的路，有哪些成功的经验应当传承，有哪些挫折和教训应当引以为戒，有哪些曾经帮助过自己的人应当铭记。呀，如此金玉良言，差一点被我等闲视之，惭愧惭愧！

飞水潭

过了路间石亭继续前行，再约几百米，便到了核心景区飞水潭。该潭瀑布高 30 米，呈扇形，从悬崖峭壁上分作几股倾泻而下，轰轰作响，旦暮阴晴，变化万千。据说当年孙中山曾在此游泳，山崖上有宋庆龄题词“孙中山游泳处”作证。瀑布对面巨石断面处两个大字苍劲有力：“不改。”乍一看似乎是个半截话，不改什么，什么不改，题者要表达什么意思，有点摸不着头脑。但是只要你把这两个字与“不改初衷”这个成语联系起来，就能发现其中奥秘。世上万事万物无不千变万化，社会正是在变革变化中发展前进。但是改革改变不是简单绝对的否定，改变中有继承。有些最基本的东西，是不能改的。比如我们的老祖宗留给我们的爱国、忠孝、善良、信义、勇敢、勤劳这些传统美德，是我们中国人的普世价值，要世世代代传承下去。再比如全心全意为人民服务，是党和政府的根本宗旨，不能有丝毫的动摇。如果变成了为某些阶层服务，为少数既得利益者服务，甚或为人民币服务，党就要变质，国就要变色。别看这简简单单的两个字，它是可以作为我们的座右铭的。

洗衲石

沿着瀑布形成的溪流下行，走不多远，有一石潭，山清水秀，倒映着蓝天白云，环境十分幽雅。水中有一顽石，上书三个大字。我初看以为是“洗袖石”，便觉兴味索然。再仔细一看，原来是“洗衲石”。一字之差，意境立现。衲者，僧衣也。自古云：天下名山僧占多。僧人出家修行，立志成佛，需要抛却浮华和喧嚣，远离名利和诱惑，求得心灵的清静与解脱。洗衲者，洗心也。不仅要洗去僧衣上的污垢，更要洗去仇恨、嫉妒、贪痴、执着等心中的魔影。在物欲横流、世风日下的当今社会，每个人都应该到此静坐忏悔，洗心革面。

游山归来，有一大收获。大道至简，许多深刻的道理，就蕴含在普通平常之中。我们身边的普通人说的很普通的话，往往包含着一定的哲理，关键是要认真地去领悟，去体会。平淡之中见深沉，是需要一定的水平的。不谦虚了啊。

三首词说尽人间事

闲来无事，随手抄起十年前的读书笔记顺手翻翻，发现宋代词人朱敦儒的三首词。这三首词旷达洒脱，闲适恬淡，甚合我意。现与各位共同分享，能遇到其中二三同道者以引起共鸣，也未可知呢。

第一首，西江月。“世事短如春梦，人情薄似秋云，不须计较苦劳心，万事原来有命。幸遇三杯酒好，况逢一朵花新。片时欢笑且相亲，明日阴晴未定。”这首小词表现了作者暮年对世情的大彻大悟，流露出一种闲适旷远的风致。上阕的世短、情薄，下阕的酒好、花新是全篇的四个关键词。吃透了这四个词，就掌握了这首词的意蕴。人生短如梦，人情薄如云。对人对事不要期望值太高，更不要斤斤计较，精心算计。花前月下，三杯美酒，片时欢笑，自可消解千万烦恼。须知好酒不常有，好花不常开。与别人过不去，与自己过不去，何苦来哉！

第二首，也是西江月。“日日深杯酒满，朝朝小圃花开。自歌自舞自开怀，且喜无拘无碍。青史几番春梦，红尘多少奇才。不须计较更安排，领取而今现在。”上一首词写了酒和花，这一首也写了酒和花。但上一首是三杯酒，一朵花，有好景不长的意思。这首词却是日日酒满，朝朝花开，有境由心造的意思。如果说上一首还有点郁闷，这一首就很洒脱了。上一首有四个关键词，这一首有两个关键句。上阕的“且喜无拘无碍”，表现了作者对世事看得开，悟得透。看开悟透，才能了无牵挂，才不会自寻无趣。下阕的“领取而今现在”，看似消极颓废，实际上抒发了现实主义情怀。过去的事情已经过去了，未来的时光充满变数。向后看不要怨天尤人，向前看不要好高骛远，关键是如何把眼下事做好，不要辜负当前的时光。

第三首，念奴娇。“老来可喜，是历遍人间，谙知物外；看透虚空，将恨海仇山，一时挼碎。免被花迷，不为酒困，到处惺惺地，饱来觅睡，睡起逢场作戏。休说古往今来，乃翁心里，没计许多般事。也不修仙，也不佞佛，不学栖栖孔子。懒共贤争，从教他笑，如此只如此。杂剧打了，戏衫脱与呆底。”与前两首相比，无论是思想境界，还是表现手法，这一首都上了一个更高的层次。词人到了晚年，历尽万事万物，遍尝苦乐悲喜，不但没有老于事故，而且看透虚空，心底一片空灵。古往今来，爱恨情仇，早已化作清风，老翁心里，装不下这许多事。什么儒家道家佛家，与我何干！尤其有趣的是，这首词也写了花和酒。但是前两首是借花和酒排遣，这里却是免被花迷，不为酒困，花和酒不仅是为我所用，而且是由我支配了。

人生短如梦，人情薄如纸，朱公三首词，说尽人间世。对世间规律的认识，是一个漫长的过程；更何况认识是一回事，做起来又是一回事。许多人常以看开了想通了自诩，其实不过是无病呻吟故作高深。朱老先生历尽万物，饱经沧桑，眼明耳顺，大肚能容，到了脱凡入圣的境界，方才写出如此豁达飘逸的大作。我辈吟咏其作，缅怀其人，追思其风，偶有所悟，豁然开朗，是何幸哉！

重读这三首词，脑海里当即就浮出些许疑问。如此精彩的辞章，十年前我曾读过，惯于读书动笔的我，竟没有留下读后的片言只语，而且早已忘却，这是何故？不为别的，只是当时不够老。十年前我才五十来岁，虽然嘴上常说老了老了，其实还很幼稚。很多人情世故，别说看穿看透，根本就没看清。如此这般，对词人所抒发的思想情怀，就难免莫测高深了。如今虽又虚长十岁，也是仅得皮毛，好不愧煞人也！

别说你不认识我

八号病床是个重病号，脑出血，术后失忆，转入康复治疗。无家人在侧，唯护工陪侍。

一小伙子来看望他，手持一束鲜花。走到床前，叫着他名字，你怎么了？

我不认识你。

你怎么不认识我？我们同学，一起做作业，一起打球。

我不认识你。

小伙子拉着他的手，对面聊天，回忆往事。小伙子主讲，八号偶尔点头，相谈甚欢。

小伙子说，我陪你去院里散步吧。于是搀扶下楼。良久方回。

该吃饭了。小伙子帮他打饭，喂饭，洗碗，擦嘴擦手，整理卧具，扶他上卫生间。

据介绍，小伙子在北京工作，家在河南商丘。国庆假日，先回家，再专程来合肥看老同学。

天色已晚，告辞。你好好养病，祝你早日康复，过一段我再来看你。

我不认识你。

小伙子说，你不是不认识我，你只是短期失忆。你肯定认识我。

我发现八号病人在努力搜索记忆。在哪里，在哪里见过你？你的声音这么熟悉。我一时想不起。其实，他的记忆已经开始恢复，只是需要更多人的呼唤。

小伙子在病房整整忙活半天，而他的老同学浑然不知。人不知而不愠，不亦君子乎？

人间自有真情在，今日窥见一斑也！

侉直猫刁蛮子虚?

我的家乡有句俗话:“侉直猫刁蛮子虚。”用以概括形容不同地域人员性格的特点。

“侉子”,是北方人的代称。这里的“北方”其实以河南、河北、山东、山西为主。这个地区的人性情爽直,性格粗放,处事简单,出手大方。当然打起架来也不含糊。

猫是指长江上中游一带的人。大概指四川、重庆、湖南、湖北一带。这个地区的人心眼儿多,说话喜欢拐弯抹角,有点狡猾狡猾的。“天上九头鸟,地上湖北佬”,就是说他们的。

蛮子通指南方人,主要指广东、福建、江浙沪一带的人。蛮子不像侉子那样豪爽,精于算计,比较小气,怕吃亏,斤斤计较。和蛮子打交道,侉子占不了便宜。

最能表现南方人和北方人性格特点的是请朋友吃饭。几个侉子在一起吃饭,吃过后抢着付钱,一个比一个动作快。能抢到埋单权是一种荣耀,尽管手头不宽裕,但是面子是要硬撑的,面子比里子重要。但是蛮子不是这样,几个蛮子吃过饭,都说埋单“我来我来”,就是动嘴不动手,手伸进口袋里摸老半天不出来。AA 制绝对是蛮子发明的。

我是北方人，素以直爽豪放为荣，对南方人多多少少有点看不起。但是最近一次经历让我改变了看法。

今年春节，我们几位好友应老许之邀到杭州过年。下了火车，老许亲自驾车接我们去用午餐。午餐安排别开生面，专门订了一条小画舫，一面游湖一面吃饭。菜饭备齐即将开船之际，老许问了一句：“喝不喝酒?”一句话把我问愣了，这在我们北方是不需要问的。我只好说不喝不喝。老许也很干脆：“不喝那就不拿了。”说完后我又后悔了，只好自己给自己打圆场：“你看如此良辰美景，又是大过年，你又这么客气，不喝酒还真是缺点什么。”老许说：“那就拿一瓶你们自己喝吧，我开车不能喝。”我们一行面对湖光山色，沐浴丽日春风，浅酌慢饮，欲醉欲仙。

老许是我多年的好友，是地地道道的南方蛮子。依他看来，既然是朋友，就不需要客气，不要用对付鬼子那一套对待朋友。这岂不是一种豪爽大气吗？相比之下，我这个北方侉子先是欲迎故拒，后又借坡下驴，倒是有点虚了。

宋代诗人卢梅坡有诗云：梅雪争春未肯降，骚人阁笔费评章。梅须逊雪三分白，雪却输梅一段香。梅香雪白，各有所长；南柔北刚，各有所强。人不分南北，都有直的一面，也有曲的一面，不过是表现形式不同罢了。侉直猫刁蛮子虚之言，未免失之于谬了！

小小病床大乾坤

屈指数来，老汉我已有 12 年没有吃过药打过针。隔三岔五有个头疼脑热，多喝水，多走路，多睡觉，过个三五天就挺过去了。没想到这次被一场突如其来的病毒撂翻了。于是住进病房，吊水打针。

人吃五谷杂粮，哪有不生病的？该来的，迟早要来，既来之，则安之。

我突然发现，半仰半卧在病床上，和正襟危坐在办公桌前，和大腿压二腿坐在酒桌前，和轻松舒适地斜靠在沙发上，那种感觉是完全不一样的。在这里，你可以用前所未有的视角看世界，看人情，竟然能产生一些新的收获来。

当你生了一种病，你才发现，原来有许多人已经在你之前得了这种病。看看你的左右病友，竟然差不多都是一种表情，一种姿势，谈论的都是同一个话题。原来，你并不是孤单的。在这里你可以真正明白什么叫同病相怜。同样一种病别人可以得，你也可以得，疾病面前人人平等，你还有理由抱怨老天不公吗？过了几天，朋友们三三两两前来探望，带来许多相关信息。谁谁谁和你的病一模一样，现在治好了，你根本看不出来。既然别人都治好了，你也可以治好，你还有什么好担心的呢？

这样一想，顿时精神就放松了。治病不再是一种压力，而是一种特殊的生活体验。在针灸病室里，七八个病友围着长条桌端坐。医生手持钢针，在病人的头部、脸部、颈部“植树造林”。初看密密麻麻，杂乱无章，看了一会儿竟然看出点名堂来。看每个人患部钢针的形状布局，原来各不相同。有的像梅花桩，有的像二小放牛，有的像高炮阵地。我问医生，你们扎针是不是事先有图纸？医生笑道，我们没有图纸，但是有处方。不过我们的处方上写的不是甘草、川贝、车前子，而是虎口、涌泉、足三里。各行有各行的门道，俗话说外行看热闹，内行看门道。我们这些外行只能看看热闹了。那医生忽然看着我笑起来：“你扎了这么多针，还有闲心想这些？”我说下雨天打孩子，闲着也是闲着。我这一说，有几个病友也跟着笑起来。

患者心情好了，可以改善医患关系。一个小护士来给我打针，手脚麻利，一针见血，面有得意之色。我说你别急着走，观察一下再说。她说放心吧，一切正常。话没落地，水不滴了，低头看手，鼓包了。折腾半天，没办法，只好换针头另打。没想到这一针故伎重演。这小护士就有点紧张。我没安慰她，而是火上浇油。我说你给我吊瓶水我就挨三针，是不是该有点补偿？小护士一脸凝重，你说怎么补偿？我说你回去把我写进你的工作日记里。她立马阴转晴，连说一定一定，头直点。这一针下去果然顺利。

只要你得了病，没有哪一种病是舒服的。当你的眼睛不明时，你会突然发现眼睛对于我们太重要了；当你的耳朵不聪时，你会突然发现耳朵对于我们太重要了；当你的嘴巴不灵时，你会突然发现嘴巴对于我们太重要了。当它们默默无闻地各司其职的时候，你并没有感到它们有多重要，受益而不觉，它们一怠工你就傻眼。所以平时一定要善待你的每一个器官，它们都不是可有可无的。

记不清是哪一位文学家说过，一个人如果没有坐过牢，要过饭，他的一生就是不完整的。我没坐过牢，没要过饭，但住过院，也算是一种经历吧。

假如让我当廷尉

有一天，汉文帝外出视察，路过一座桥。按照法令，皇帝出行，要实行交通管制，行人要回避。有一个愣头青，可能是脑子短路了，也可能是家有急事急着赶路。他没有就地趴下，而是从桥下面溜过去了。这一来惹了大祸，惊了拉銮驾的马，吓了汉文帝一跳。随行的保卫人员一看不得了，出了警卫事故，出手擒获了肇事者。汉文帝又气又恼，把手一挥，交给廷尉处理！

廷尉是汉朝最高司法长官，相当于现在的最高法院院长。当时的廷尉叫张释之，是个老法律工作者。他亲自调查审问，提出了处理意见：处以罚金。汉文帝一听大怒，这家伙惊了我的马，幸亏这匹马性情温顺，如果性情暴躁，还不伤了我吗？性质这么严重的一个大案要案，就判个罚款，笑话！

哪知道张释之死脑子一根筋。他对文帝说，这法律不是我定的，我只是执行。按照法律，遇到皇帝车驾而不回避，处以罚款，这有明文规定。“今法如是，更重之，是法不信于民也。”你皇帝一句话就加重处罚，还要法干什么，我这院长还咋当？如果你现场就把他头砍了，就算特事特办，我也没话说。现在正式立案进入法律程序了，那就只能依法而行了。汉文帝愣了一会儿，你说的对，你就按法办吧。

这件事为汉文帝加分不少。汉文帝不愧是一代明君，他视野远大，胸怀宽广，纳谏从善，善于听取不同意见，不以个人喜怒干扰司法部门的正常工作。张释之幸亏碰上了一个好领导，如果是徽宗、崇祯这样的皇帝，那个犯事儿的倒霉蛋小命儿都没有了，张释之的廷尉也当不成了。

不过我还是敬佩张释之多一点。那个犯事的小子与张释之非亲非故，而当朝皇帝却可以决定他的生杀予夺。张释之为了维护法律公正，就敢和皇帝争个是非曲直。这需要什么样的胆量，要有多么高的思想境界！虽说张释之这样做也是为了皇帝的江山社稷，问题是一般的皇帝他也接受不了啊，你这不是玩命吗！

我突然产生了一个很有趣的想法。假如我当上了这个廷尉，遇到这样的事我该怎么办？我也会把法律条款搬过来，对照一下触犯了哪一个罪名，该给个什么处分。大概我的意见也是处以罚款。但是皇帝的批示下来了，明确指出判轻了，我恐怕就没有张释之那样敢作敢为敢担当了。我可能就要给当事人再加重点刑罚，比如罚款加庭杖、打屁股。问题很简单，我总得顾及皇帝的面子，让皇帝有个台阶下。你硬给领导过不去，你能有什么好？

正因为我没有那么高的境界，所以当不了那么大的官。做梦当廷尉，过过官瘾罢了。

人生在世要善养气

闲来无事乱翻书。过去是一本书读到底，看完一本再换本。但是这样容易累，读一会儿就犯困。后来我试着两本书齐头并进，一本书读累了，换另一本，效果还行。

现在我的案头放着两本书。一本是翟双庆解读《黄帝内经》，一本是唐浩明的《曾国藩》。前者是科普类读物，后者是历史人物传记，二者风马牛不相及。但是我换来换去、读来读去，竟然把两本书混到一起了。

《黄帝内经》是中医理论鼻祖。中医认为，人体有气和血两个系统，这两个系统互相依存。一个人身体好不好，要看气血是否顺畅。肝主气，气主血。“气为血之帅”，血受气之使，血随气走，气推血行。“大怒则形气绝，而血菀于上，使人薄厥。”怒发冲冠，气往上走，血往上涌，脑溢血，厥过去了。《三国演义》里诸葛亮气死周瑜，骂死王朗，我估计就是对《黄帝内经》的活学活用。

放下《黄帝内经》，拿起《曾国藩》。没想到这一章也是讲“气”的。话说曾国藩兵围安庆，久围不下，将士生疲。有一天晚上曾国藩微服私访，查看军情，发现军营不整，军纪涣散，士气低落，自己还差点儿被自己的兵打了。曾国藩紧急召见在前线带兵的两个弟弟国荃、贞干，语重心长地对他们说，军营最看重的是一个“气”字。作为军中统领，要时刻注意培植新气、勇气，涤除暮气、惰气。将军有死之心，士卒无生之气，则攻无不克；士卒有生之乐，无死之心，所向必败。二兄弟尊嘱整饬军纪，果然士气大振。

这两本都讲到“气”。一个是养生之气，养生贵在养心，养心贵在养气。人要健康，气要舒畅。心平气和，百病不侵。要养成乐观通达之气，以豁达的眼光看人看事，不要斤斤计较，不要总给别人过不去，也给自己过不去。遇到不顺心的事，要善于自我化解排遣，不要郁结于胸。久积不化，气血两亏，伤身劳形，智者不为。

再一个是事业之气。一个人总要做一番事业，要振作精神，敢于担当，奋发进取，切忌萎靡。人是要有一点精神的，只要精神在，人就倒不了。军队是要有士气的，只要士气在，打垮了还可以重来。

人生在世无非做人做事，做人要有豁达之气，做事要有浩然之气。除此之外，岂有他哉！

锁住闲云不下山

金华山石坊

浙江剑川县有一金华山。山上有一石坊。石坊柱子上有一楹联：邀来明月同观海，锁住闲云不下山。

走遍大江南北，阅览山水楹联无数。此联立意高远，胸怀博大，世所罕匹。

上联并不稀奇。一千年前，李白就曾邀月饮酒。比起邀月观海，何等浪漫，何等潇洒。

有了下联，意境突现，全联皆活。

下联有两个字眼，一曰“闲”，一曰“锁”。

云乃无情物，出岫本无心。或浓或淡，或舒或卷，随风赋形，自然而然，岂有忙闲之分哉！

云本无意，观者有心。心有烦恼，流云自乱。心静如水，浓淡皆闲。

李白有诗云：“众鸟高飞尽，孤云独去闲。相看两不厌，只有敬亭山。”天边孤云，眼前青山，那份闲适，那份恬淡，正是诗人心境写照。

唯恐风吹散，欲把闲云挽。此联着一“锁”字，看似无理，近乎蛮横，更能表现作者心态。

闲云如何锁得，用心去锁。心常安，则云自闲也。

世上有闲人，闲人有闲心，天上有闲云。闲者，贤也，祥也，享也。

我到贵州来看水

这几张照片是我在贵州荔波县大七孔小七孔景区用手机随拍的。我不懂摄影。我只是用最简单的方式，把眼前美景装进方框里，按一下快门，复制下来。正因为纯天然，去雕饰，反而能更纯朴、更真实地反映大自然之美。我这不是艺术片，只是纪录片。

拉雅瀑布

水上森林

卧龙潭

这几幅照片记录的是黔水之美。第一幅是拉雅瀑布，从山半腰喷薄而出，飞流直下，伴以雷声轰鸣，其势宏伟壮丽。第二幅是水上森林，清澈溪水在丛林中萦绕曲回，一路高歌，潺潺不息。第三幅是卧龙潭，潭水碧绿凝重，倒映着岸边奇树怪石，水平如镜，波澜不兴，静若处子含羞。

缘溪而行，移步换景。这股水流时而湍急，时而徜徉；时而高歌，时而低吟；时而奔放，时而深沉；时而艺术，时而哲学……同是一股水，为什么生存和运动形式如此丰富，变化如此之大呢？

水者，势也。水的形态是由所处地理地势所决定的。水生高山则泻，水生高坡则奔，水生平地则淌。治水之要在于通过改造地势控制水势，利用水性造福人类。比如抬高落差以发电，疏通河道以行船。这就叫因势利导，顺势而为。

民犹水也。老百姓的心态和动态是由他所处的社会环境所决定和影响的。丰衣足食，社会和谐，老百姓就安居乐业，其乐融融。如果社会两极分化，低层民众没有安全感和自豪感，老百姓就会以多种形式寻求表达，于是群体事件生焉。民犹水也，平时风平浪静，一旦形成惊涛骇浪，足以颠覆社会秩序。水能载舟，亦能覆舟，此之谓也。

仁者乐山，智者乐水。游山玩水，是我退休生活的一大乐趣。旅游可以锻炼身体，陶冶情操，还可以减肥。我于游乐之际，开动脑筋，脚脑并用，时有所悟，竟然还写成了这么一篇配图短文。就算是副产品吧！

你能告诉我哪是北吗？

我上小学一年级的时候，语文课本里有一篇课文是这样的：早晨起来，面向太阳，前边是东，后边是西，左边是北，右边是南。其实我在上学之前就能分辨东西南北了。我知道我家大门朝南开，房后边有一条马路，房东边有一棵大柳树，西边有我家的自留地。

我参军以后，有一个训练科目叫方位判定。在一个伸手不见五指的夜晚，一部吉普车把我送到远离营区的小树林里，把我撂下来车开走了。班长临走时告诉我，这地方在我们连的南边约十公里，你要自己走回去，天亮之前必须归队。这时我首先要确定哪里是北，否则就有可能背道而驰，越走越远。黑灯瞎火的，只能靠生活常识来判断方向。比如说，房屋的门窗多数是朝南开的，河里的水总是由西向东或由北向南流的，独立大树南面的叶子总比北边茂盛，南边的树皮比北边光滑，冬天里河流的南坡比北坡的冰冻要厚一些，等等。把这些因素综合运用，就能准确判断方向。果然，鸡还没叫我就回来了。从此以后我养成一个习惯，每到一地方首先把方向搞准；方向搞准了，人就丢不了。

这几年有一句话很流行，叫“找不着北”。其实不是找不着北，现在很多人，主要是城里人，尤其是城里的年轻人，压根儿就不知道哪里是北。这也难怪，太阳是判别方向的基本参照物，而城里就很难用得上。现在城里的年轻人晚上不睡早上不起，没有几个人起来看日出；再说高楼大厦越来越多，也没有多少人能看见日出。等你看到太阳的时候，它已经不在东边而是在东南方向了。

在北上广这样的大城市，不知道东南西北的人越来越多，似乎也没有影响正常生活。但是到了关键时刻就麻烦了。有一次我的一位朋友来我家看我，走到一个十字路口，打电话问我往哪儿拐。我说你住西拐。他说我不知哪边是西哪边是东，你告诉我是向左转还是向右转。我说你告诉我现在面朝哪个方向，我才能告诉你向左转还是向右转。他说我要是知道面朝东还是面朝西，还用得着打电话问你吗？一个电话打了五分钟，还是说不清楚，我说你还是找警察吧。

如此看来，方向至关重要。一个党，一个国家，首先要搞清楚朝哪里走，要达到什么目标。要朝着太阳走，不能跟着感觉走。一个人也是这样，方向就是志向，就是信仰。朝着正确的方向坚定不移朝前走，就不会犯左右摇摆的错误，成功就不会太遥远。方向迷失了，早晚要出大问题。

千里迢迢来看你

我有一位老朋友。说是老朋友有点高攀了，应该说是老领导。说是老领导，其实他也没有领导过我，我们并不是直接上下级。我们是在工作之余认识的。他官比我大，我年龄比他大，也算扯平了。我们互相看上去还比较顺眼，至少是不反感。平时接触也不太多，偶尔凑到一起，喝杯闲酒，聊聊天，属于那种淡如水的交情，勉强可以说是领导兼朋友。

这位领导兼朋友天资聪慧，少有大志。从大学校门走上工作岗位，得天时地利人和之助，在仕途上一帆风顺。刚过不惑之年，即从中央外放主政一方。一朝权在手，便把令来行。他一手整肃吏治，一手招商引资，当地气象为之一新。尤其是他大抓城市建设，大刀阔斧，破旧立新，短短几年，把一个破破烂烂的城市经营得花团锦簇一般，在全国最具幸福感城市评比中位列前茅。当地百姓交口称赞，政声日隆。街头巷尾，勾栏瓦肆，群众配班子，都说这个人要上了。

未料想人算不如天算。一纸命令，平职交流到江南某省任职。按照官场规则，异地任职多岗位锻炼，离升官也就一步之遥了。但是他履新之后由于官居副职，能说不能行，空怀一身绝技无处施展，反倒显得政绩平平。眼见得同辈同僚一个个飞黄腾达，他倒稳坐泰山，无声无息。一时江湖上颇有传言，看来此君官运不济，最好的结局也就是平安着陆了。

有那么一日，我突然动了个念头，想去看看他。也没什么用意，只是想见面聊聊。说走就走，叫上我的一位朋友，驾车前往。不远千里，朝发夕至。当时并没有预约，在宾馆住下，准备次日前去闯宫。谁知事有凑巧，当晚从手机微信上得知，此君已获提升，就要去副转正，到某地走马任长了。

这倒让我进退踟蹰。此时我醒悟到，看来人家对前程早就心中有数，反倒是我多虑了。料想明日，他家里必是高朋满座，车水马龙。前去祝贺的，惜别的，你来我往，前客让后客，他哪有时间接待我。本意是想来慰问的，明天见面反倒成了贺喜的，岂非大拂本意？

想我老李，在官场几十年惯烧冷灶。越是官运不济，落落寡合，我越是愿意交往。对那些官场不得意，生意不景气，考试没过关，职务上不去的人，几乎是出于本能的有一种亲近感。而仕途上春风得意者辈，我倒唯恐避之不及。这倒不是孤高气傲，也并非多么高尚，我只是乐于送炭，倦于添花，成了一种习惯。其实诸君有所不知，烧冷灶成本很低，所得的回报却并不小呢！我的许多老首长，位高权重时，我敬而远之。等他退休下来，门前冷落车马稀，我才乘虚而入。彼时对我不屑一顾的首长，此时反倒对我赞赏有加。

《世说新语》里载有一件趣事："王子猷居山阴，雪夜饮酒咏诗，忽忆戴安道。时戴安道在剡，即便夜乘小船就之。经宿方至，造门不前而返。人问其故。王曰：'吾本乘兴而来，兴尽而返，何必见戴？'"

我读这则故事至少在二十年之前，早就忘得干干净净，不知何故此时竟突然浮现脑际。于是，拨马而返。

不要动不动就“老臣以为”

江东大局未定，强敌环伺，险象迭生。“小霸王”孙策英年早逝，千斤重担落在年纪轻轻的孙权肩上。临终前，孙策召集文武众臣到病榻前，嘱托各位老少爷们儿像支持自己一样支持孙权的工作。并为孙权留下两句真言：“内事不明问张昭，外事不明问周瑜。”张昭和周瑜一个主内，一个主外，两人平起平坐。其实，主内就是主持中央日常工作，张昭的地位更在周瑜之上。

孙权主政以后，和周瑜配合密切，君臣际会，如鱼得水。而张昭就不行，他老是和孙权别别扭扭。读《三国演义》可以发现，张昭没有给孙权出过多少好主意，他的意见孙权很少采纳。最有代表性的是赤壁之战前夕，东吴朝会研究对策。周瑜、鲁肃主战，张昭主和，两派争得脸红脖子粗。最后孙权果断拍板，联刘抗曹。结果是大败曹军，奠定天下三分。东吴召开庆功大会，孙权高调表彰周瑜、鲁肃抗曹有功，张昭无奈厚着脸皮也举杯祝贺。孙权一点也不给他面子：“当时如果按张老先生的意见，现在我连要饭都找不到地方。”

张昭是东吴开国元勋，对孙权也是忠心耿耿。他和孙权老是背道而驰，除了思想路线分歧之外，还有一个很重要的原因。张昭倚老卖老，摆不正自己的位置，说话不注意方式方法，犯了大忌。

在京剧三国戏里，东吴方面出场的那个老气横秋的白胡子老头，就是张昭。张昭比孙权至少大30岁，是名副其实的长辈。在他老人家眼里，孙权只是个娃娃。每当议论军国大事，张昭总是捋着胡子，慢条斯理地说："老臣以为。"这让孙权很不舒服。而且张昭动不动就耍大牌，发脾气，撂挑子，让孙权下不了台。辽东太守公孙渊叛曹降吴，孙权大喜，欲遣使慰劳封赏。张昭认为其中有诈，劝孙权不要上当。孙权不听。结果这一次是张昭判断正确，孙权派去的使者让公孙渊杀了。张昭得理不让人，孙权数次登门谢罪，张昭称疾不出。最后是千呼万唤始出来，让孙权很难为情，眼泪都下来了。朋友们设身处地想一想，你要是孙权你受得了吗？

虽然说孙权宽宏大量，张昭忠诚可嘉，但是张昭忽略了一个基本道理。做臣下的只有建议权，没有决策权。你非要君主听你的，动不动就摆老资格，只能再一再二，不能再三再四。张昭吃嘴上的亏了。

读《三国》至此，突然想起一个人来。我的一位战友，在某厅当副厅长。此君年龄大，资格老，经验丰富，群众威信高。这个厅的一把手是从副市长位置上提拔交流来的，比他小十来岁。这厅长初来乍到，很尊重老同志，遇到大事主动和他商量。谁知他也犯了张昭的毛病，动不动就"我的意见是"。时间长了厅长就感到很不爽。就这还不算，他还在私下里自夸，厅长什么事都听我的意见，我不点头什么事都办不成。有人把这话传给厅长，厅长听了笑笑。半年之后，厅长宣布调整领导分工，让他分管机关党委和老干部工作，还说是照顾老同志。这老兄再也不吹了。

用积极的眼光看世界

几年前经历的两件小事，至今记忆犹新。

有一次几位同事结伴出行，中午在张北一农家就餐。一对老夫妻，年届古稀，老翁掌勺，老媪烧锅。少顷餐成，五菜一汤一饭，外加一瓶酒。虽是粗茶淡饭，却也色香味俱佳。餐毕买单，开价169元。我递过去170元，说，别找了。谁知那老翁面露赧色：“你们几位真老实，我要169元，你们可以讨价还价的。”我们几位相视而笑：“物有所值，不还价了。”老翁更加不好意思，非要退回10元。双方你来我往，推搡老半天。

另一次是出差到广西巴马，在街头大排档用晚餐。我们五人，点了七个菜一瓶酒。老板娘说，平均每人一个菜就够了，菜多吃不完。我说今天路走多了有点累，准备饱餐一顿。老板娘说那好，我慢慢炒你们慢慢喝。我们边吃边喝边聊，第五道菜上来，果然吃饱了。过了一会儿，老板娘过来，笑眯眯地问：“菜味道如何，够吃吗？”我们连说不错不错，再上菜还真吃不下了。老板娘说：“正好，那两道菜我还没下锅，那就退了吧，别浪费。”

这两件事我对朋友们讲过多次，也算是传递正能量吧。有朋友说，你运气真好，好事都让你碰上了。我说我碰上的好人好事多得很，这只是很普通的两件。你也想经常碰上好事吧？老汉我教你几招。

用谦卑的眼光看自己。有的人自视甚高，以自己为中心为标准来衡量万事万物。希望别人怎样对待自己，别人就一定要怎么对待自己；希望世界是个什么样子，世界就必须是个什么样子。稍不称心如意，就怒气冲冲。久而久之，善心善意受到屏蔽，看到的都是阴暗面。去掉狂妄偏执之心，换上谦卑感恩之心，光明就在你的眼前。

用宽容的眼光看别人。大千世界，芸芸众生，圣人和恶人都是少数，绝大多数都是和你我差不多的凡人。人人都有容光焕发的一面，也有不敢见人的一面，都有“狗屁”不是的时候。对人不要过分苛求，要有包容之心。只要不是故意害人，自私一点也是可以理解的。只要不是屡教不改，犯点小错误也是在所难免的。心中有佛，世人皆佛，心里有鬼，所见皆鬼。施宽于人，人报以宽，天下何处不从容！

用乐观的眼光看社会。我坚信社会发展总是积极向上的。阴暗和丑陋可能猖獗于一时一地，但是改变不了大方向。要相信真善美的竞争能力是不可低估的，多数人的心是向善向上的。何况这个世界上还有张北农家的老夫妇，还有巴马街头的老板娘，还有你，还有我。

爸妈是突然变老的

小孩子刚生下来只有几斤重，几十厘米长。他（她）在我们的怀抱里眼皮底下一点点长大。满月了，会笑了；半岁了，会坐了；八个月，会爬了；十个月，会站了；一岁了，会跑了……我们就这样看着他（她）从婴儿到童年，从少年到青年。我们只感到快慰，不记得付出的艰辛。

但是我们对爸爸妈妈的变化往往是反应迟钝的。当我们三岁多开始记事的时候，爸爸妈妈是那样的高大魁梧。我们感觉到自己一天天在长大，但是并没有意识到爸妈正在一天天变老。当他们眼角开始出现皱纹的时候，当他们头上出现第一根白发的时候，我们只是感到有一点惊讶，甚至为自己的新发现而沾沾自喜。当他们走路缓慢，眼睛老花，饭量减少时，我们还是不愿接受他们已经变老的现实。直到有一天，突然发生了一件事，我们才突然发现，爸妈老了……

爸爸妈妈对孩子是慈爱的，也是严厉的。在他们眼里，我们永远是长不大的孩子，永远需要他们操心。我们做的事，他们总是看不懂，看不惯，这也不对，那也不行。小时是责骂，长大是批评，再后来是唠叨啰唆。直到有一天，爸妈对我们不批评也不埋怨了，我们才突然发现，爸妈老了……

从前有个孝子。他年轻时调皮捣蛋，大错误不犯小错误不断。妈妈用棍子打他，他就默默忍受，不哭不跑。有一次妈妈打他，他竟痛哭起来。有人问他为什么。他说，过去挨打，只觉得棍子落在身上很重很疼。这次却感觉不到疼了。他突然意识到，妈妈老了……

我的爸爸妈妈都是地地道道的农民，和土地打了一辈子交道。他们付出了无数的艰辛，也养成了强健的体魄。如今已八十高龄，仍然在田间地头辛勤劳作。我爸爸还能骑电动车，我妈妈还能一步跨过小河沟。我总是觉得，孝敬爸妈，还有时间。

有一天，我和妹妹陪爸爸妈妈游览南京中山陵，一路上有说有笑，走一会儿跑一会儿。到了中山纪念堂，妈妈突然大汗淋漓，头晕目眩，休息了很长时间才慢慢恢复。当时还以为是走得太快，累着了。回家后做了个体检，才发现妈妈脑血管狭窄并有血栓。这对我不啻晴天霹雳，过去怎么就没注意呢！

这时我才猛然醒悟，爸妈老了，我尽孝的时间不多了。我恨不得把我拥有的一切，都孝敬给我的爸爸妈妈，但是他们已经没有能力享受了。我给他们买来好吃好喝的，他们说，我不能吃，吃了不消化，胃难受。给他们买件新衣服，他们说，也不出个门，穿那么好的衣服给谁看？逢年过节给点钱，他们说，我们要钱干什么，怎么花呀！

我陷入了深深的自责。当爸妈有能力享受的时候，我没有能力孝敬他们；当我有能力孝敬的时候，他们又没能力享受了。现在，我能够奉献的，爸妈能够享受的，只有一张笑脸了。

年轻人，孝敬爸妈，要赶早啊！

谁没当过“个别人”？

每次乘飞机，总会发现有那么一些人不那么自觉。广播里一遍一遍吆喝，空姐一遍一遍督促提醒：飞机马上就要起飞了，请大家系好安全带，收起小桌板，打开遮光板，调直靠背，关闭手机。就有个别人不屑一顾，故意不配合。你看我身边这位，看样子也就三十来岁，一副老滋老味什么都不在乎的样子，旁若无人地玩手机。空姐一再提醒，请把手机关上。他很不情愿地把手机装进口袋，空姐一离开，又取出来我行我素。

飞机上禁用手机，应该是一个常识。手机与地面的联络，产生电磁波，对飞机的导航产生严重干扰，一出事就是机毁人亡的大事故。所以国家航空法明令禁止，违者予以治安处罚。为什么有人明知故犯呢？我想可能是出于两个方面的原因。一是无知无畏。现在有的人就像长不大的小孩子，老是走不出青春叛逆期，大人越是不让干什么他就越要干什么。飞机上打个手机真有那么危险吗？他认为这都是大人用“狼来了”吓唬小孩的，没那么严重。

再一个就是，有的人可能会这样想，大家一起打开手机，产生巨大的电磁波，对飞机航行当然会有影响。但是如果别人的手机都关了，就留下我这一部手机开着，所产生的电磁波就可以忽略不计了。就好比汽车尾气污染空气，大家的汽车都停在车库里，我一部车奔驰在宽阔的马路上能产生多少PM2.5？所以有的人是把自己的安全和全体乘客的安全，寄托在别人的身上。他希望别人都自觉，他就当那个“个别人”。

一个一个“个别人”加起来，就成了“少数人”。其实这种个别人不仅在飞机上经常可以看到，在我们的日常生活中说是司空见惯也不为过。行人过马路不能闯红灯，哪个路口没有人昂首挺胸迎着红灯往前走？烟头不要到处乱扔，你看看马路上、花丛下、墙角里烟头还少吗？也不要光说人家，扪心自问，我们自己何尝没当过“个别人”没干过不那么光彩的事情呢？

河南作家李佩甫老师有本书叫《生命册》。本书的第5页有这么一句话我很欣赏：“所有反对者反对的都是别人，不是自己。”当我们对某些现象大加指责的时候，都是说的别人，当我们自己去干这种事的时候，会自己给自己找个理由，有了理由就会心安理得。大家都心安理得，一些丑陋的现象就屡禁不止习以为常。

我乘飞机都是及时关闭手机的，我听空姐的话。但是对我身边这位哥们儿，我也没有制止他。为什么呢？我觉得这不是我的职责，不该管的闲事尽量不管。抱我这种想法的人恐怕也不是个别人。所以这种事儿，下次坐飞机还能遇到。

假如我不相信你

前几天去医院体检，牙科医生说，你的牙结石挺严重的，建议你去洗洗牙。正好我家门口就有一个牙科诊所。听医生的话，去洗牙。

洗牙的时候，医生说，你有两颗牙齿有洞，需要补。我说怎么一点感觉也没有啊，他说等你有感觉就晚了。我问补一个洞要多少钱？医生说，有 50 元的，有 70 元的，有 100 元的，三种价格，你选。我说这 100 元的有什么好处？医生说这是进口材料，质量好，硬度强，不含杂质，对身体无害。我一听这话里有话，那 50 元的和 70 元的恐怕质量不太好，硬度也不够，对身体恐怕多少还有点害。也别亏待自己，那就补吧，100 元的！

医生补牙，我闲着没事，就有点胡思乱想。这医生给我补牙用的材料，到底是 100 元的还是 70 元的甚至 50 元的，那不都在他吗，我哪儿知道啊？如果再往深里想，我这牙上面的洞我也看不见，他说有就有。假如压根儿就没洞，他装模作样地捯饬捯饬，我这钱不是白出了吗？当然，我这样想着，只是觉得好玩，并没有当真。我要是当真了，那就有点心理阴暗了。

牙也洗了，洞也补了，交钱。洗牙 100 元，补两个洞 200 元，一共 300 元。我一摸口袋，只有 200 元。因为没准备补牙，就没带那么多钱。我说对不起，钱不够，我家就在这隔壁，我这就去拿，10 分钟准回来。医生说行，那你就去拿吧。我在路上又乱想起来。假如我不回去了，那诊所到哪儿去找我，他不就吃亏了吗？没准儿那医生也正在这样想呢。想着想着我就取钱回来了，医生说，谢谢您啊！

这件小事我觉得挺有意思，看来人与人之间还是要互相信任。我要是不相信牙医，那就只好再找所医院确认一下我的牙到底有没有洞，如果有洞他是不是真补好了，用的原料值不值 100 元钱。这样一来，我要付出的费用就要翻几番。要是那个牙医不相信我会取钱回来，他可能就会跟着我回家去取。我就会有一种做贼的感觉，心里就会很不爽。当然这家诊所我再也不会去了。

假如我这一段经历只是一个不可类比的个案，这么一点小事我在这里啰里啰唆就太无聊了。我想说的是，人无信不立，信为人之本。社会的文明程度，最集中地体现在人与人之间能否互相信任。现在为什么大家普遍感到做人累、办事难，就是社会信誉度太低了。别说是陌生人，就是老熟人、老朋友，说话办事都要留一手，你说那能不感觉累不感觉难吗？

我把这点经历和想法拿出来和一位朋友交流，不无自豪地说，我看满街上走的人都是好人，满街上走的人看我也是好人。如果社会成员之间都像我和牙医这样互相信任，社会不就和谐了吗？没想到这位朋友若有所思地说，没准儿你还真被骗了呢！相视大笑。继而无语。

莫把粗俗当时尚

中国科技大学举行2015届毕业典礼，中科大校长万立骏院士对毕业生提出“临别忠告”。他的讲话有自己的感悟，有对社会现象的分析，既朴实无华，又生动深刻。其中讲道：“希望同学们切勿在物欲横流、浮华喧嚣中迷失自我，希望你们高雅而不孤傲，接地气而不庸俗。不要把骂人当成豪爽，不要把低俗当成时髦。”

“骂人不是好孩子”，这不是幼儿园阿姨对3岁小孩讲的吗，怎么大学校长对大学毕业生也讲起了人之初呢？

也难怪，当今社会，骂人成为一种时尚。

嬉笑怒骂，是人的情感发泄的四种形式。人生在世，谁都不敢说自己从来没有骂过人。但是骂人分为文骂和武骂。文骂是一种文雅的骂，隐晦的骂；武骂则是赤裸裸的骂。

我这里说的是赤裸裸的武骂。

过去的人骂人，比较讲究分寸。说到敏感词敏感字，会用个×代替。现在则是脱口而出，不带脏字不说话，三句话不离裤裆。

过去的人骂人，比较讲究场合和对象。如果有女性在场，往往比较克制。现在则不然。越是有女性在，说脏话越起劲。奇怪的是，在场的女性并不反感，甚至随声附和。

过去骂人的人，一般说来文化水平比较低，太高雅了也不会，表达得比较直白。现在骂人则有年轻化、知识化、高端化的趋向。硕士、博士甚至教授，说起粗话来丝毫不亚于生产队长。

其实，骂人是不需要带脏字的。《三国演义》有一回“武乡侯骂死王朗”。诸葛亮动用三寸不烂之舌，把七十多岁的王朗活活气死。你去看一看原著，诸葛亮何曾带一个脏字？

你再翻翻《世说新语》方正篇。陈太丘与友人约好时间一起出行，时间到友人未至，于是就先走了。友人到后发现太丘七岁的孩子元方门前玩耍，就问：“你爸爸呢？”元方说：“待君久不至，已去。”友人大怒：“非人哉！与人期行，相委而去。”元方曰：“日中不至，则是无信；对子骂父，则是无礼。”这后面的话就是，无信无礼，你才不是人呢！但是他不说，让你自己去想。

还有一个典故，出处没找到，大意如此。一个年轻人对两位老者不恭，老者并没有训斥年轻人，而是自相应答。一人曰：老字终将留给他，等他老了别人同样看不起他！另一人曰：不要把老字留给他，免得他遭别人白眼！这句话骂得狠，意思是让他不得好死，活不到老。没有点水平，你能听出来他在骂人吗？

圣人曰：非礼勿言，非礼勿听，非礼勿视，非礼勿动。说话带脏字，非礼也。净化民风，先净化口腔。杜绝低俗，先从学生做起。

万校长，善矣哉！

每次喝酒都有理由

最近胃不太舒服，反酸，有热灼感。做了个胃镜，胃炎，胃糜烂。医生说，无大碍，开点药，按时服用，可以修复。但是胃病一靠治，二靠养。饮食要注意，以清淡为主，少吃酸辣生冷食物，以免刺激。尤其是禁止用酒。如果你不能戒酒，药就别吃了，吃也没用。医生问，你能做到吗？我打个立正：能！

第二天，有事去郑州。郑州有我的老战友、老同学。我跟其中一位打了个电话，晚上到，约几个老友聚聚。本来飞机下午四点多起飞，五点半到，正好赶上吃饭。不料飞机晚点，登机后光在跑道上就等了两个小时。飞机落地，匆匆忙忙打的赶到饭店，一看表正好九点。只见十来个朋友正在餐厅里傻等，他们已经等了三个小时。看我进来，纷纷起身，握手，拥抱，问候，亲热无比。上菜，斟酒，主人致辞。我本来要解释一下，刚做过胃镜，正在服药，不宜饮酒，无奈张不开口。这么多朋友等你几个小时，一点酒不喝，还能算是朋友吗？宁叫肠胃喝个洞，不叫感情留条缝。喝，戒酒从明天开始！

第三天，参加一个战友儿子的婚礼。我被安排在主宾席。

我们这一桌全是四十多年的老战友。我在外地工作，回来得少，有几位已经多年不见。想当年参军入伍，都是不到二十岁的毛孩子，转眼到了花甲之年。我的战友混得不太好，多数在广阔天地修理地球，生活艰辛，饱经风霜，一个个满脸皱纹，须发皆白。看着这一张张黑脸，一颗颗白头，顿生人生几何之叹。我刚说一句胃有情况，不敢喝酒，就遭到暴风骤雨式的革命大批判。我们这么多战友，就你混得像个人样，把我们忘了吧，酒菜不合口了吧？说什么胃不好，十人九胃，谁还没有点这灾那病的，就你的命值钱！本来还想去找你叙叙旧讨杯酒喝，算了算了，别自作多情了。这七嘴八舌的，把我呛得直翻白眼，赶忙打躬作揖，哥们儿，别说了别说了啥都别说了，千错万错都是我的错，我喝还不行吗？戒酒，从明天开始吧！

第四天是个特殊的日子，我的生日，六十大寿。我兄弟在城里专门安排了一桌。全家欢聚，四世同堂，上有高堂在座，下有孙儿绕膝，那真叫天伦之乐。父母双亲给了我生命，把我养大，辛辛苦苦几十年，年届八旬仍然在田间地头勤耕不辍，我还不该恭恭敬敬敬上三杯酒吗？我长期在外地工作，不能堂前行孝，全靠弟弟妹妹照顾老人，操持家务，不该举酒答谢吗？我的一岁多的小孙子乖巧伶俐，“爷爷爷爷”不离口，像模像样地举起酒杯要和爷爷干杯。他的酒杯里是矿泉水，我不能也来个以茶代酒啊，我跟我孙子还能玩虚的来假的吗？来吧小子，爷爷干了。戒酒，明天再说吧！

几天下来，就觉得不太对劲，这胃里的不舒服好像在加重。我突然醒悟过来，这样不行。老是从明天开始，就等于放弃了一个个今天，这酒什么时候都戒不了。只要想喝酒，总会有理由。不仅是喝酒，做人做事都一样。认准了的事，就要立即付诸行动。要经得起各种诱惑，不要给自己找理由，找台阶。不要从明天开始，就从今天开始，从现在开始。

洗洗上床，正要睡觉，接到老同学王某的电话。他从新西兰回来了。几年不见，怪想念的。专门抽出时间，明天坐飞机到合肥，让我做东约几个老友好好聊聊。我一听就乐了，你这个酒篓子，你还知道回来呀，看我明天怎么收拾你！

“有时候说话不注意”是缺点吗？

批评与自我批评是我党三大法宝之一。现在，这一法宝在有的单位好像失传了，起而代之大行其道的是表扬与自我表扬。

各级领导班子每年要开一次民主生活会，这是传统，也是制度。民主生活会的主要内容是开展批评与自我批评。会前，书记会煞有介事地做个动员，希望大家放下包袱，畅所欲言，有话说到桌面上。特别是对我有什么批评意见，尽管提，越尖锐越激烈越好，我决不会抓辫子打棍子。你如果当真了，那就太傻了；你如果这么傻，还能进班子么？

现在的所谓民主生活会，基本上是歌功颂德，评功摆好，互相批评只是个点缀。如果没有一点批评，对上不好交代，这个一定要有。但是不能伤了和气，要让受到批评的同志高高兴兴，欣然接受，分寸一定要拿捏好。如果你有幸翻开各单位民主生活会的记录，你就会发现，其实同志们存在的缺点和问题都是大同小异的。你说是缺点也可以，说是优点也可以，就看你怎么理解了。

“有时说话不太注意”，这是最常见的缺点，而且是屡改屡犯。说话随意，信口开河，不分场合，不看对象，满嘴跑火车，这当然是缺点。但是人家说的不是这个意思。这句话的潜台词是，你这个同志为人正直，性格率真，光明磊落，不会搞阴谋诡计，敢于发表自己的意见。你说这样的批评谁不乐意接受呢？怪不得批评的人一脸严肃，挨批评的人反而笑眯眯的头直点，舒服啊！

还有一个缺点也比较常见，“有时有急躁情绪”。严格意义上讲，性子急至少是不够成熟的表现，决策欠思考，情况不明决心大，做事不守程序，往往造成严重后果。但是你如果这样理解就想歪了。人家的意思是，你这个同志事业心太强了，太追求完满，对自己要求太严，标准太高，一年到头五加二白加黑，恨不得一夜实现中国梦。这样的批评，就连我家隔壁的憨子二小都明白是咋回事儿，何况是受党教育多年的领导干部呢！

目前群众路线实践教育活动正在进行，这次活动的重头戏是开展批评与自我批评。中央要求要洗洗澡，照照镜，红红脸，出出汗，意思是要动真格，见实效，不要图形式，走过场。但是到了有的单位，就变成了捏捏脚，按按腿，揉揉肩，捶捶背。别看剖析材料厚厚一叠几千字，挤掉水分还有多少干货，天晓得！

做一个让别人舒服的人

谁人人前无人说，谁人背后不说人？就连我这样心胸开阔、宽宏大量的人也不能脱俗。春节期间，我与一老友喝茶闲聊，说到某某某。我这老友说，你看他这个人吧，心也不算坏，也很有能力，有水平，也挺正派。就是和他在一起吧，有一种说不出来的感觉。我接着顺口就说，不舒服。这老友一拍大腿，你说得太对了，就是那种感觉，不舒服！

你仔细想一想，在我们的工作圈、生活圈和交际圈里，总有那么几个人，让你不舒服。大家在一起有说有笑，他一来，让每一个人都会平添一股莫名其妙的压力。他特自负、特专横、特冷漠，专门给人找别扭，看谁都不顺眼。这种人似乎有一种天生的本事，把秩序搅乱，把好事搅黄。他说话丝毫不考虑别人的感受，你越不喜欢听他越喜欢说，甚至故意揭人疮疤往伤口上撒盐。看到别人的尴尬和窘态，他就兴奋，就来劲儿。他绝对不会同情你，反而会以审视和欣赏的眼光盯着你，似乎这样能产生一种快感。有这样的人做你的朋友或朋友的朋友，你惹不起可以躲着他；但是如果这种人做了你的领导，你惹不起、躲不起、还得罪不起，那就麻烦大了。

有这种性格的人绝对不是一无是处。他往往有一种让别人自叹不如的优势，或能力或资历或权力。但是以这种性格处人处事，至少是一种缺陷。

有人说，我活着就是要让自己舒服，至于别人舒服不舒服，那是他的事，为了别人舒服让自己不舒服，生活得太累了。其实，舒服的生活环境要靠培养和创造。你以善良、宽容的心态对待别人，别人也会以同样的态度对待你；反之亦然，言以悖出，还以悖入。你老是让别人不舒服，最后自己也舒服不了。

毛主席在《纪念白求恩》中号召共产党员要做五种人：一个高尚的人，一个纯粹的人，一个有道德的人，一个脱离了低级趣味的人，一个有益于人民的人。我斗胆再加一句，要做一个让别人舒服的人。

说好“大白话”是大本事

广东省东莞市市长袁宝成在人代会上做政府工作报告，用浅显易懂的语言，描述经济和社会发展目标。比如，“让城市融入大自然，让市民望得见蓝天白云，看得见青山绿水，呼吸到清新空气”。“不能光顾面子，不顾里子，要多做雪中送炭的事，少行锦上添花之举。”“上网一看，一目了然，键盘一按，事情办完。”“少跑路就能办好事，不求人就能办成事。”“走在路上不担心被抢包，住在家里不担心被盗窃，睡在床上不担心有火灾。”你说这有什么呀，不就是说了几句大白话吗，就赢得舆论一片喝彩。什么务实精神了，耳目一新了，接地气了。如果换成我，我比他讲得还白。

说大白话，是共产党的拿手戏，共产党就是靠大白话起家的。党的创始人，如陈独秀、李大钊、毛泽东，当时都是大知识分子，说起话来之乎者也，写起字来笔舞龙蛇。但是党依靠的力量是广大工人农民。那个年代的工人农民，有几个识字的？党要宣传自己的主张，把工人农民动员起来组织起来，文绉绉的不行，必须说大白话，让老百姓听得懂。共产党就有这个本事，把话说到老百姓心窝里，让他们死心塌地听党的话、跟党走。我在河南新县红军纪念馆发现一幅红军标语：“参加红军可以分到田地。”现在看来这幅标语真不怎么样，没有文采，没有节奏感，读起来不上口。但是当时的老百姓就吃这个，他们读懂了。参加红军就能分到田地，反过来说，不参加红军就分不到田地，至少分不到好田地。我一下子就明白了，一个县怎么能出十万红军。

其实，大白话说得好才算真本事。毛泽东在中共“七大”闭幕时的讲话，开头就是“我们开了一个很好的大会，我们做了三件事。”这篇讲话的题目叫“愚公移山”，已经成为范文经典。邓小平说“我是维吾尔族的姑娘，辫子多”，不但汉族人能听懂，少数民族也能听懂。习近平的“鞋不合脚脚知道”，不但中国人明白，外国人也明白。

常言说习惯成自然。官话大话套话空话说习惯了，再说大白话就不自然了。我传给你一个秘诀，回家给你爹你娘咋说话，对老百姓也咋说话，就中了。

该忘掉的，忘掉吧！

退下来的老同志坐在一起，喜欢聊过去。有的爱说自己过五关斩六将的光辉事迹，有的爱讲陈芝麻烂黑豆的往事，还有的喜欢讲忘恩负义的人和事。今天晚上几个老朋友坐到一起，三杯下肚，有位老兄就打开了话匣子。说那个什么什么某某某，我在位时给他帮了多大多大忙，不是我哪有他的今天，没想到是个白眼狼！

这位老兄，刚才人多，有些话不好说。现在酒终人散，月明星稀，万籁无声，我想悄悄地提问几个问题，希望你能认真考虑。

你给他帮忙，用的是自己的能力，还是你手中的权力？如果你是个医生，有人生了病，你用自己的仁心仁术起死回生，把他从死亡边缘拉了回来；如果你是个大款，有人家里遇到大难，你慷慨解囊帮他渡过难关；如果你是个领导，慧眼识英才，把一个小人物培养成某个领域的高手；那你就是他的恩人。他如果把你忘了，那叫没良心。但是如果你用手中的公权为人办私事，那就另当别论了。比如说某某某办个企业需要报批，条件又不太硬。你在这个关键岗位，通过自由裁量权把事办了，他后来发了。那他该不该报答你呢？我说应该这样看，他当时找你是看中了你手上的权力，不是看中了你这个人。有了这个权力，换了你别人也能办。现在你退下来了，别人上去了，他还找你干什么？他该找别人了。他再找你就不对了。

你给别人帮了忙，收了人家好处没有？这个问题比较敏感，你可以不回答。如果你清清白白公事公办，那就谁也不欠谁，事了就了，没有理由计较人家。但是不给好处不办事，给了好处乱办事，恐怕也不是极个别的现象。即使你不收钱，人家请你聚聚喝两杯，逢年过节几瓶酒、几条烟，你好意思说都拒绝了吗？你给人家帮了忙，人家给你也表示过了，这就两清了。他现在不上门了，这是好事。过去的事就了了。他如果举报到纪委，你还麻烦。

当年你看人是不是看走眼了？人在高位容易头晕，对奉承和颂扬分不清真假。有的溜须拍马之徒投其所好，吹吹拍拍，把领导搞得晕晕乎乎，而他却乘机以售其奸。久而久之，投桃报李，你得到了虚名，他得到了实惠。你沾沾自喜的时候，殊不知他正偷偷地笑你傻呢？你从领导岗位上退下来，没有了利用价值，他把你一脚蹬开，在他来说是顺理成章的事。你不要骂人家狗眼看人，要怪就怪你被花言巧语迷住了眼。

以上这三种情况，总有一款适合你。不管哪一款，你再这样耿耿于怀，受苦的是你自己。忘掉吧，忘掉得越早，越彻底，越好。

我写点东西是为了防老年痴呆(代后记)

我的微信和QQ空间很少转别人的东西。我觉得这些转来转去的东西，或者捕风捉影，或者哗众取宠，真正有分量的东西不会太多。我隔三岔五发一篇千字文，不论水平如何，都是我的原创。

我退休以后笔耕不辍，一不为名二不为利，也没有忧国忧民的高尚情怀。我的出发点很现实，预防老年痴呆。

人一上了年纪各种各样的病都来了。凡得病都没有舒服的。尤其是老年痴呆，很可怕。

我有位老首长，是个老八路，老了得了个老年痴呆。他老人家不论春夏秋冬，穿一套老式军装，皮鞋擦得铮亮。夜里睡觉穿鞋上床，说是一旦有情况能快速反应。还有个习惯让家人啼笑皆非。一天三餐全家要集合唱歌，什么“大刀向敌人头上砍去”，“到敌人后方去”等。这样的老人倒是很可敬，就是家人精力受不了。我就想如果我老了也这样，那怪麻烦的，恐怕老伴和孩子们也受不了。这样一想，就觉得最近记忆力严重衰退，别是先兆吧！

于是就采取点预防措施。做点什么呢？食疗食补太复杂，体育锻炼太费力，打麻将经常凑不够手。读书写字倒是简便易行，还透着几分高雅。就它了。

于是就读书看报，比在职的时候学习还自觉，还认真。我对文艺类的内容不感兴趣，主要是看不懂。我主要看时政新闻。大凡家事国事天下事，好事坏事奇怪事，都比较关心。一般的事扫一眼就过去了。遇到感兴趣的，喜欢瞎琢磨。想来想去，就能想出点道道。偶有所得，就兴奋起来。我不会电脑打字，就用笔写。整理成篇，发在我的QQ空间日志里，与我的圈内朋友共享。朋友们给点鼓励，不免也洋洋自得起来，感觉好得很。

我过去在职时，也做过文字工作，写过的东西也差不多等身了。但那都是领导讲话和机关公文一类，是作为任务来完成的。假话倒是不多，但大话、空话、套话在所难免，自己早就写厌烦了。现在则不同，没人给你下任务，可以说你想说的，写你想写的。也不必考虑有没有高度、宽度和深度。不要甲乙丙丁，也不要之乎者也，纯粹大白话，直抒胸臆。当然我也注意讲政治，顾大局，正能量。说话有点微辣，但也是点到为止，见好就收，免得给自己找麻烦。

书归正传。老年痴呆的主要发病原因是供血不足。不要认为营养上去了血就上去了。营养越丰盛，血液越稠，血管越窄，血流得越慢。正确的做法是多动脑，勤思考，促进血液循环。脑子动得越快，血流得越快。老年人就怕脑萎缩。多思多得，用知识把脑袋充实起来，就不萎缩了。

我讲的这些道理，比医生专家讲的通俗易懂吧？哈哈！